겨울, 저녁 7시

겨울, 저녁 7시

2024년 1월 31일 제 1쇄 인쇄 발행

지 은 이 | 채　은
펴 낸 이 | 박종래
펴 낸 곳 | 도서출판 명성서림

등록번호 | 301-2014-013
주　　소 | 04625 서울시 중구 필동로 6 (2, 3층)
대표전화 | 02)2277-2800
팩　　스 | 02)2277-8945
이 메 일 | ms8944@chol.com

값 15,000원
ISBN 979-11-93543-43-6

겨울, 저녁 7시

채 은 단편집

도서
출판 **명성서림**

차례

비
오는
날
의
즉흥
환
상
곡

누군가 다급하게 창문을 두드리는 것 같은 기척이 느껴졌다. 하루 동안의 피곤함 때문에 의식의 끈을 잠깐 놓고 있던 나는 깜짝 놀라 무의식 중에 몇 차례 머리를 흔든 후 고개를 들었다. 비가 쏟아져 내리고 있었다. 하늘이 찜찜하게 흐려 있더니 드디어 시작된 모양이었다. 올해는 장마철에 접어들지 않은 6월인데도 어쩐 일인지 자주 비가 내렸다. 그리고 그것은 주로 게릴라성 집중 호우였다. 잠들기 전에 열어놓은 창문으로 빗물이 들이치고 있었다. 나는 자리에서 몸을 일으켰다. 비 때문인지 약간 후텁지근하게 느껴지는 날씨였다. 나는 창을 조금 열어둔 채 다시 자리로 돌아와 앉았다.

책상 위의 시계는 6시를 가리키고 있었다. 퇴근 시간이 30분이나 지나 있었다. 나는 눈을 들어 주위를 한 번 둘러보았다. 잠깐 잠이 든 사이에 사람들은 다 퇴근해버린 모양이었다. 인사도 없이 퇴근해 버린 사람들에게 불현듯 서운한 감정이 들었다. 평상시에 늘 늦게 퇴근하는 나였고, 오늘은 그간 밀려있던 일이 한차례 끝난 터라 몹시 피곤한 상태여서, 사람들은 아무런 생각 없이 그냥 다들 각자의 집으로 돌아갔을 터였다. 곤한 잠에 빠진 나를 깨우지 않은 것도 나에 대한 배려였을 것이다. 나는 갑자기 몹시 외로웠다. 바쁨 뒤에 오는 상대적 한가함 때문에 더 그러했다. 그런 느낌은 너무도 오랜만이어서 매우 낯설었다. 지난 10년간 나는 어느 것에도 한 눈 파는 일 없이 오직 일에만 파묻혀 지냈다. 나는 그것만이 시간을 견딜 수 있는 유일한 방법이라고 생각하며 살아왔다.

비는 쉽게 그칠 것 같아 보이지 않았다. 장마철이기라도 한 듯 빗줄기는 굵었다. 날씨 때문인지 사방은 벌써 어둑어둑해지고 있었다. 어디에선가 가느다랗게 피아노 소리가 들려왔다. 귀를 기울여 들으니 쇼팽의 즉흥 환상곡이었다. 쇼팽이 24살 때 어느 남작 부인에게 헌사 했다는 곡. 어떤 이유에선가 쇼팽의 사후에 즉흥 환상곡이란 이름으로 세상에 알려지게 되었다는 곡. 비 소리 때문에 피아노 소리는 들렸다 안 들렸다 하였다.

쇼팽이 그 곡을 작곡했다는 스물네 살에 나도 그 누군가를 사랑했었다.

그 누군가.

그 누군가를 만났던 날도 이렇게 비가 쏟아지는 날이었다. 그에 대한 기억을 모두 잊었다고 생각한 것은 잘못이었다. 벌써 내 마음이 이렇게 기억을 되살리고 있으니 말이다. 나는 아직도 그를 잊어버리지 못한 것일까? 10년의 시간을 지나와 오늘 이렇게 다른 곳에 서 있는 데도.

나는 강의실 입구 현관에 서서 멍하니 하늘을 바라보고 있었다. 그 날은 오후에만 수업이 있던 날이었고 막 강의를 듣고 나오는 길이었다. 비가 쏟아지고 있었다. 소나기치고는 빗줄기가 굵었고 쉽게 그칠 것 같지 않아 보였다. 우산이 없는 학생들은 우산이 있는 학생들과 뒤섞여 삼삼오오 짝을 짓더니 순식간에 사라져버렸다. 나는 갑자기 출입구에 혼자 남겨졌고 누군가에 의해 깊은 구덩이에 버려진 것처럼 느껴졌다. 그때 어디에선가 피아노의 아름다운 선율이 들려왔다. 나는 사방을 두리번거리며 피아노 소리가 들려오는 곳을 찾아보았다. 소리는 맞은 편에 위치한 음악관 쪽에서 들려오는 것 같았다. 마침 그날의 강의가 있던 곳이 음악관 근처였던 것이다. 나는 무의식적으로 그곳을 향하여 달렸다. 얼마 되지 않는 거리였지만 비가 와서 그런지 수십 시간을 달리는 것처럼 느껴졌다. 음악관 입구에 도착해 나는 젖은 옷을 대충 털고 손수건을 꺼내어 안경의 물기를 닦았다. 피아노 소리는 여전히 들려오고 있었다.

나는 소리가 들려오는 곳을 향하여 급히 발길을 옮겼다. 소리는 복도

제일 끝에 있는 악기 연습실에서 흘러나오고 있었다. 나는 비에 젖은 나 자신을 의식하지도 못한 채 정신없이 그쪽으로 다가갔다. 연습실 문은 열려있었다. 나는 안으로 쑥 들어섰다. 무대 쪽에 놓인 피아노에 누군가 앉아있었다.

갑자기 음악 소리가 뚝 끊겼다. 피아노 뒤에서 키가 훌쩍하게 큰 남자의 모습이 보였다. 나는 나도 모르게 그쪽으로 다가갔다.

"옷이 많이 젖었군요……."

무슨 말인가를 더 하려던 그는 몸을 돌려 바닥에 놓인 검은 가방을 열더니 수건을 꺼내어 내게 내밀었다. 나는 하려던 말을 삼키고 손을 내밀어 그가 들고 있는 수건을 받아들었다.

"이리 줘 보세요. 제가 좀 닦아드릴게요."

젖은 옷을 닦느라 서투르게 허둥거리는 나를 바라보고 있던 그가 의자에서 몸을 일으키더니 다시 내게로 다가오며 말했다.

"아니, 괜찮아요. 이 정도만 닦아도 금방 다 마를거예요. 그런데 조금 전에 피아노를 치셨었나요? 그 소리를 따라서 온 건데……."

나는 귀를 쫑긋거리며 어디에선가 또 다른 음악소리가 들려오는가 하고 사방을 두리번거렸다. 그러나 피아노 소리는 들려오지 않았다. 쏴아 거리며 쏟아져 내리는 빗소리만 들려오고 있었다. 나는 조금 아까 친 곡이 어떤 곡인지 묻고 싶었으나 창피한 생각이 들어서 그만두었다.

나는 10년 전에 그렇게 그를 만나 알게 되었다. 그때 나는 졸업을 한학기 남겨둔 상태였는데 취업 문제로 몹시 곤란을 겪고 있던 때였다. 우리는 매우 빨리 친해졌다. 그러나 그와 나는 3년쯤 후에 헤어졌다.

어떻게 그렇게 쉽게 헤어졌는지.

그때 그는 내게 구세주와도 같은 사람이었다. 내가 처한 상황은 어느때보다도 심각했다. 나는 대학을 가기 위해 서울로 올라온 이후 그때까지 계속된 자취생활로 매우 외로웠는데 취업 문제는 더욱 나를 괴롭히고 있었다. 내 주변엔 흔들리는 나를 잡아줄 만한 사람이 아무도 없었다. 어머니가 계시긴 했지만 멀리 떨어진 시골에 계셨다. 아버지는 내가 대학을 오던 해에 오랜 지병 끝에 아무것도 남기지 않고 돌아가셨다. 형제도 없고 친척들도 거의 없었던 까닭에 아버지마저 돌아가시고 나자 우리는 더욱 외로워졌다. 어머니는 자존심이 몹시 강한 분이셨다. 자신의 감정을 누군가에게 잘 드러내지 않으셨다. 나는 변변한 이웃조차 없이 자신을 가두어 두고 사는 어머니가 안타깝다 못해 싫었다. 그런 나에게 그는 한 가닥 꿈과 같은 존재처럼 홀연히 나타났다. 비가 오는 날, 음악 연습실에서 애수에 찬 멜로디와 함께.

비바람이 거세어지는지 조금 열린 창틈으로 빗물이 튀어 들어와 책상까지 들이쳤다. 비는 쉽게 그칠 것 같아 보이지 않았다. 저녁을 혼자 맞는다는 것은 몹시 기분 나쁜 일이다. 나는 서둘러 자리에서 일어났다. 그러나 막상 갈 만한 곳이 생각나지 않았다. 집으로 가 보았자 마찬가지로 나 혼자였다. 오랫동안 혼자였지만 요즘은 가끔씩 혼자라는 사실이 매우 싫었다. 나는 잠시 함께 시간을 보낼 만한 사람을 떠올려 보았다. 어쩐 일인지 특정한 어느 누구의 얼굴도 떠오르지 않았다. 내가 일에 파묻혀 그를 잊어가던 동안에 친구들은 나를 잊었고 내게서 멀어져 있었다. 혹 연결된다하여도 내일부터 시작되는 연휴를 맞아 누군가와 어딘가로 떠났을 것이다. 어쨌든 나는 자리에서 일어섰다. 그러자 갑자기 그 어떤 장소가 머리에 떠올랐다.

그 찻집.

그와 자주 가던 그 카페.

10년이나 지났는데, 아직도 그 찻집은 그대로 거기에 있을까? 그와 헤어진 후에도 나는 몇 년 동안 아주 가끔 그 카페에 가곤 했었다.

나는 급히 사무실을 나서 주차장으로 향했다. 비가 오는 거리는 비교적 한산했다. 급작스런 비에 다들 일찍 집으로 돌아가 버렸는지도 모른다. 지금쯤 그들은 가족들과 둘러앉아 비 내리는 창밖을 내다보며 부침개라도 부쳐 먹으며 즐겁게 이야기를 나누고 있을 것이다. 아니라면 친구끼리 걸쭉한 막걸리 잔이라도 부딪히며 내리는 비를 안주 삼아 지나간 추억이라도 씹고 있을 것이다.

내게도 가족이 있었더라면. 나는 문득 그런 생각이 들었다. 그때 그와 가정을 꾸렸더라면 지금쯤 아이 하나는 낳았을 것이고 이렇게 비가 오는 날이면 아이와 아빠를 위해서 부엌에서 기름 냄새를 내고 있을지도 모를 일이었다.

윈도 브러쉬를 빠르게 돌리는 데도 앞 유리에 빗방울이 동그랗게 떨어지며 시야를 가로막는다. 나는 성에 제거 버튼을 눌러놓는다. 뿌옇게 흐려지던 시야가 환하게 밝아진다. 나는 카페의 이름을 생각해본다. 처음 그와 그곳을 가게 된 이유는 그 카페의 이름 때문이었다. '십 년 전'이라는 이름이 뭔가 사람을 끌어당기는 것이 있었다. 그와 나는 그곳에 앉아서, 장난삼아 십 년 전 이야기만 하자고 말하며, 우리들의 고등학교 시절 이야기를 나누며 웃곤 했다. 지금 그곳에 가서 그를 만난다면 그와 나는 지금으로부터 십 년 전, 그러니까 우리가 처음 만났다가 헤어졌던 그 시절을 이야기하게 될까? 그 카페의 이름 때문이었는지, 별생각 없이 장난처럼 했던 말 때문이었는지 그와 나는 그곳에서 미래를 향해 걸어가지 못한 채 지나간 시절만 이야기하다가 헤어졌다.

나는 다시 그 카페가 궁금해졌다. 그 카페는 아직 그곳에 그대로 있을까? 내가 그곳을 떠나온지도 십 년의 세월이 흘렀다. 한없이 믿었던 그와의 헤어짐 앞에서 내가 선택할 수 있었던 것은 그와의 추억이 있었던 곳을 떠나는 일밖에 없었다. 나는 집으로 향하는 갈림길에서 잠시 망설이다가 우회전 깜빡이를 넣었다. 그곳은 그 카페로 가는 길이었다. 비는 여전히 퍼붓고 있었다. 나는 조심스럽게 주변을 살피면서 조금씩 속도를 내었다. 내가 그 카페가 위치한 골목길에 접어들자 빗줄기가 조금 가늘어졌다. 어두워지기 시작한 골목 저만큼 안쪽에서 희미한 불빛이 떠 있는 것이 보였다. 가까이 다가가자 붉은 등을 밝힌 간판이 어스름과 빗속에서 고스란히 몸을 드러냈다.

'십 년 전'

그 카페는 10년 전과 똑같은 모습 그대로 그곳에 서 있었다. 나는 이 상스러운 감정을 느끼며 카페에서 조금 떨어진 골목길에 차를 세우고 카페를 향하여 발걸음을 옮겼다.

"글쎄, 내 말 좀 들어 보라니까요!"

어떤 여자의 애원하는 것 같은 목소리에 나는 문득 얼굴 깊숙이 눌러 쓰고 있던 우산을 올려 들었다. 저만큼 떨어진 곳에서 키가 훌쩍 큰 어떤 남자와 한 여자가 무슨 일인가에 대하여 이야기하고 있었다. 그들의 뒤로 카페의 간판에 박힌 붉은 글씨들이 깜빡거리고 있었다. 그들은 막 그 카페의 문을 밀치고 나온 것처럼 보였다. 무슨 일이 있었는지 그들은 미처 우산을 펴지 못한 채였다. 어둠이 깔리고 있었고 꽤 떨어진 거리였지만 그들의 얼굴에 어린 홍조가 느껴졌다. 빗발이 가늘어지긴 했지만 비는 여전히 내리고 있는 상황이었다. 먼저 우산을 펼친 남자가 커다란 우산을 머리 위로 치켜 올리자 우산을 펴던 여자가 사나운 표정을 띠며 남자를 올려다보았다.

"더 이상 이야기 들어볼 것 없어. 이제 가야겠어."

"그럼 이대로 헤어지자는 거예요?"

"그래, 잘 지내."

"대체 왜 그러는 거예요? 지난번 그 일에 대해선 다 이야기했잖아요. 그게 전부예요. 다른 거 아무것도 없어요. 제발 그 황당한 오해는 그만 좀 하라구요."

"오해라구?"

"그래, 오해라구요. 제가 잘못한 게 있으면 사과할게요. 나도 이대로는 안 되겠어요."

"이대로 안 돼? 뭐가 안 돼? 사람을 속여 놓고 왜 이렇게 당당한 거지?"

"당당하게 느꼈다면 미안해요. 하지만 아무리 가까운 사이라고 해도 사생활은 서로 지켜야 되는 거 아닌가요?"

"뭐? 사생활? 이제까지 우리 사이가 그 정도였던 거야?"

"반말하지 말아요. 아무리 가까워도 지킬 건 지켜야죠. 차라리 이제 나한테 관심이 없어졌다고 말해요. 어이없는 핑계 붙여가며 비겁하게 굴지 말고."

"나는 이제껏 너를 남이라고 생각해 본 적이 없어. 그런데 넌? 그런 생각 때문에 잘못하고도 그렇게 당당한 거였구나!"

순간 남자의 팔이 들리는가 싶더니 여자의 뺨을 후려쳤다. 여자는 힘없이 길바닥에 주저앉았다. 후두둑, 빗발이 갑자기 굵어졌다. 나는 남의 일에 끼는 것은 질색이었지만 뭔가 여자가 억울하게 당하고 있다는 느낌 때문에 얼른 그 자리를 떠나지 못한 채 머뭇거리고 있었다. 카페 옆으로 난 길을 지나가던 차가 내는 클랙션 소리가 아니었다면 나는 나도 모르게 그들에게 끼어들었을지도 몰랐다. 경적을 울릴만한 일도 없는 2차선 도로에서 그 소리는 그들의 싸움에 종결을 지어주려는 신호처럼 느껴졌다. 지나가는 사람이 보기에도 그들은 심각해 보였는지도 몰랐다. 나는 서둘러 카페 쪽으로 발을 떼놓았다.

"아무리 사랑한다 하더라도 서로에게 숨기고 싶은 일도 있을 수 있어요. 당신에겐 나의 과거가 현재보다 더 중요한가보군요."

등 뒤에서 흐느끼는 것 같은 여자의 목소리가 잊혀진 유행가의 후렴구처럼 들려왔다.

카페 안에는 이상한 정적이 느껴졌다. 아마 조금 전의 소란을 지나쳐온 까닭이었을 것이다. 그렇게 생각하자 손님이 없어서 잠깐 치워두었던 턴테이블의 바늘을 다시 올려놓은 것처럼 홀 안쪽에서 낯익은 음악 소리가 귀에 들렸다. 문이 열리는 소리가 들렸을 터인데도 카운터를 겸하고 있는 주방에선 내다보는 사람이 없었다. 열 개가 채 못 되는 테이블들도 텅 비어있었다. 하긴 아직 손님이 들기엔 이른 시간이었다. 주인은 이제 겨우 문을 열고 뒷문 밖 어디에선가 손님을 맞을 준비를 하고 있는지도 몰랐다.

"어디에 앉을까? 저 쪽 창가 자리가 좋지 않아?"

나는 어디에선가 들려오는 것 같은 소리에 깜짝 놀라 주위를 두리번거렸다. 주변엔 아무도 없었다. 그 목소리는 몹시도 익숙한, 10년 전 그의 목소리였다. 오래전, 처음 이 카페 문을 열고 들어 왔을 때 그는 그렇게 말했었다. "아직 영업 시작 안 한 거 아니야? 아무도 없는데? 음악도 안 나오고. 딴 데로 가자. 주변에 카페가 많은 것 같던데." 그가 나의 손을 잡고 몸을 돌려 문을 나서려했을 때 갑자기 주방 안쪽에서 음악소리가 들려왔다. "아, 이 곡, 쇼팽!" 그것은 그를 처음 만나던 날, 음악 연습실에서 그가 연주하고 있던 즉흥 환상곡이었다. 나는 탄성을 질렀고 그와 동시에 안쪽에서 주인으로 보이는 여자가 얼굴을 내밀었다. "어서 오세요. 아직 좀 일러서요. 앉아계시면 곧 주문 받을게요. 비가 쏟아져서 나가시기도 좀 그럴 거예요." 그리고 보니 유리문 밖으로 비가 쏟아지고 있었다. 조금 아까까지도 맑았는데 변덕스러운 날씨였다. 결국 그와 나는 밖이 내다보이는 창가 구석진 자리에 앉았다. 이후로 그 자리는 우리의 지정석처럼 되었고 우리가 카페에 들를 때면 여주인은 단골손님용 자리라 부르면서 우리를 그곳으로 안내하곤 했다. 우리는 만나는 동안 늘 그곳에만 앉았다. 처음 만났을 때도 그곳에 앉았었고 헤어질 때도 그곳에 앉았었다.

나는 지나간 시간을 털어내듯 고개를 한 번 흔들고 난 후 카페의 내부를 휘둘러보았다. 그 모습은 10년 전과 크게 달라지지 않아 있었다. 나는 창가 쪽 자리를 향하여 걸어갔다. 그곳은 카페 중간쯤에 있는 기둥 때문에 문 쪽에서는 잘 보이지 않는 곳이었다. 그 곳엔 어떤 여자가 등을 보이고 앉아 있었다. 내가 가까이 가자 빗물이 방울져 흘러내리는 유리창을 바라보고 있던 여자가 잠시 몸을 움직이는 기척을 보였다.

여자가 앉은 자리는 10년 전 늘 내가 앉곤 하던 자리였다. 여자의 왼쪽 편으로는 누군가를 기다리는 듯이 빈 의자가 놓여 있었다. 그 자리는 늘 그가 앉던 자리였다. 나는 자신도 모르게 빨려들 듯 빈자리로 다가갔고 허리를 굽혀 그곳에 앉았다. "왜 이렇게 늦었어요? 아까부터 기다렸는데, 비가 많이 오는데 우산을 안 가지고 왔으면 어쩌나 걱정하고 있었어요." 갑자기 속삭이듯 그 여자가 말을 하는 듯했다. 나는 무심코 고개를 돌려 그 여자를 바라보았다. 여자는 내가 옆에 앉았다는 것도 알지 못한 듯 뭔가 골똘한 생각에 빠져 있었다. 나는 그 소리가 아주 오래전에 내가 그에게 건네었던 말임을 기억해냈다. 그 말을 할 때, 그것이 그와의 마지막 만남이 될 줄은 우리 둘 다, 아니 적어도 나는 짐작도 하지 못하였다.

"남편이 죽어가고 있어요."

나는 문득 정신이 들었다. 이번에는 진짜 확실하게 그 여자가 말을 하고 있었다. 그것은 중얼거림에 가까웠다. 나는 다시 고개를 들어 여자의 얼굴을 자세히 쳐다보았다. 불빛에 비친 여자의 얼굴은 몹시 초췌해 보였다.

"발견이 너무 늦었어요. 정기검진으로는 잘 발견이 안 되는 곳이었어요. 의사는 앞으로 한 달 정도 더 산다고 말했어요. 밤이면 몸이 아프다며 웅얼웅얼 울어요. 몸집이 큰 남자가 우는 소리를 들어보셨어요? 짐승이 우는 소리 같아요. 나는 그가 빨리 죽어버렸으면 좋겠어요⋯⋯. 말이 좀 험하죠? 그래요. 그렇게 결혼하는 게 아니었는데, 다 내 잘못이에요."

여자는 오랫동안 말을 참아왔던 사람처럼 이야기를 쏟아내려 하고 있었다. 나는 마법에 걸리기라도 한 것처럼 10년 전으로 돌아가 나 자신도 모르게 그가 앉아 있었던 자리에 앉아버렸다. 그리고 이제 낯선 여자가 하는 이야기를 들어주어야하는 상황이 되어버렸다. 그러나 나는 남의 일에 끼어드는 것을 싫어한 지 오래되었다. 나는 벌떡 자리에서 몸을 일으켰다. 그러나 다음 순간 매우 익숙한 어떤 감정이 나를 사로잡았다. 그것은 여자에게서 느껴지는 것이었다. 그것은 낯설었지만, 이상하게도 매우 오랫동안 만나왔던 사람에게서나 느껴질 수 있는 익숙함을 가지고 있었다. 여자는 어쩌면 내가 살고 있던 동네에 살았거나 살고 있는지도 모른다. 우리는 서로 모르는 사이에 지나치면서 알아왔던 사이였을 것이다. 나는 마음속으로 이 카페가 있는 동네에서 살았던 시기를 가만히 떠올려 보았다. 갑자기 여자가 흐느끼기 시작했다. 나는 그만 다시 털썩 자리에 주저앉았다.

'정말 이상한 일에 끼어들게 생겼군.' 나는 금방 다시 자리에 앉은 것을 후회하며 중얼거렸다. 그때 카운터 쪽에서 쟁반을 든 여자의 모습이 보였다. 주인인 듯했다. 그녀는 우리가 있는 쪽으로 다가오더니 무얼 주문하겠느냐고 물었다. 주인은 바뀌어 있었다. 나는 나도 모르는 한숨을 가늘게 내쉬었다. 다행인 것 같기도 했고 서운한 것 같기도 했다. 주인이 바뀌지 않았다면 나를 알아볼 수도 있을 거란 생각에 다행이기도 했고, 모든 것은 그대로 있는데 사람만 바뀌었다는 사실이 서운하기도 했다. 어쨌든 나는 뜻하지 않게 처음 만난 낯선 여자와 일행이 되어버린 셈이었다. 그러나 자리에서 일어설 기회는 이미 지나가 버린 상태였다. 나는 페퍼민트 한잔을 시켰다. 그러자 흐느끼던 그 여자가 고개를 들고 눈물을 닦더니 위스키 한 병을 주문했다.

"남편은 100번째 선을 봤을 때 만난 남자예요. 하하"

위스키 한 잔을 삼키고 난 여자가 갑자기 웃음을 터트리듯 말했다. 그것은 이제부터 자기 이야기를 들을 준비를 하라는 것처럼 느껴졌다. 나는 그 여자의 이야기에 별 관심이 없었으나 자리를 피하기도 어려워진 터라 탁자 위에 놓인 페퍼민트를 들어 올려 한 모금 마셨다. 다행이 손잡이가 있는 의자여서 여자와의 거리가 아주 가까운 것은 아니었다. 그러고 보니 그와 이곳에 왔을 때 앉았던 의자는 손잡이가 없는 의자였다. 그는 틈이 없도록 자신의 의자를 가깝게 내게 붙이고는 어깨에 내 손을 올려놓곤 했다. 워낙 좁은 카페여서 내가 사람들의 눈을 의식할라치면 기둥 때문에 잘 보이지 않는다며 짓궂게 나를 끌어당기곤 했다.

"집에서 자꾸 결혼하라고 하는데……. 좋아하는 사람 있다고 했더니, 말 나온 김에 이번 토요일에 데리고 오라고 하셔."

"내 형편 이야기 했어?"

"아니, 그게 무슨 문제야? 내가 좋으면 되지. 걱정 마."

그는 매우 유복한 집안의 장남이었다. 가족들의 기대를 한 몸에 받고 있던 만큼 자기주장도 강했지만, 그의 어머니를 시작으로 집안 식구들의 거센 반대가 이어졌다. 나는 태어나서 처음으로 나를 낳아준 부모를 원망했다. 집안의 반대로 불처럼 뜨겁던 그의 사랑도 서서히 식어갔다. 나는 그를 믿고 함께 갔던 여행지의 기억을 지우며 그를 원망하고 증오

했다.

"미안해⋯⋯. 정말 미안해⋯⋯. 나를 용서해 줘⋯⋯. 너를 위해 가족을 버리지 못하는 나를 잊어버려. 그리고 나보다 용감한 사람 만나서 행복하게 잘 살아. 죽어서도 너를 잊지 못할 거야⋯⋯."

죽도록 미워했지만 나 또한 그를 사랑했기에 어쩔 수가 없었다. 하지만 처음 사랑한 사람이었기에 쉽게 지워지지 않았다. 이후로 몇 몇 남자들을 알기도 했지만 내 마음이 아무도 허용하질 못했다. 나는 세상을 향하여 열린 모든 문을 잠가 버렸다. 시간이 날 때마다 내가 할 수 있는 일은 잠을 자는 일밖에 없었다. 잠이 들면 꿈을 꾸었고, 꿈속에선 늘 어디에서 시작된 것인지 알 수 없는 바람이 불었다. 그리고 나는 어느 바람결엔가 나를 떠난 그가 집안에서 소개받은, 집안이 괜찮은 여자와 곧 결혼했다는 이야기를 들었다. 그렇게 10년의 세월이 흘러갔다.

"집안도 학벌도 인물도 그럭저럭 비슷하고, 손해 볼 것 같지 않아서 만난 지 한 달 만에 결혼했어요."

여자가 다시 말을 시작했다. 여자는 얼음도 타지 않은 위스키를 벌써 여러 잔째 들이켜고 있었다.

"우린 별다른 일 없이 그럭저럭 잘 지냈어요. 남편은 가끔씩 특별한 이유 없이 늦게 들어오는 일이 있었지만 음악을 하니까 그럴 수도 있을 거라고 여겼죠. 특별히 궁금한 것도 아니었어요."

나는 음악을 했다는 여자의 말에 갑자기 눈이 번쩍 떠졌다. 거기에 조금 아까 여자가 했던, 몸집이 큰 남자가 우는 걸 본 적 있느냐는 말이 겹쳐졌다. 곧이어 여자에게서 느껴지던 낯설지만 익숙한 느낌이 떠올랐다. 나는 긴장감으로 온몸이 부풀어 오르는 것 같았다.

"아, 선생…… 선생님이라 불러도 되겠죠? 성함을 알지 못하니까……. 한 잔 하세요. 이렇게 비도 오는데 술 좀 마신다고 현실이 뭐 얼마나 달라지겠어요?"

나는 그 여자가 권하는 술을 단숨에 마셔버렸다. 타는 것 같은 느낌이 위장을 뚫고 아래로 흘러 내려갔다. 나는 여자를 정면으로 바라보며 물었다.

"이 동네에 사신지 오래 되셨어요?"

"아니, 이곳은 남편이 오랫동안 살던 동네예요. 결혼하면서 이 동네에 살게 되었죠."

"이 찻집엔 자주 다니셨나요?"

"아니요, 아니요……. 언젠가 한 번 와본 적은 있어요……."

여자가 갑자기 괴로운 신음소리를 토해냈다. 나는 탁자 위에 놓인 위스키 병을 바라보았다. 술병은 반이 넘게 비어 있었다.

"남편은 죽음을 통보 받고도 늦게 들어오곤 했어요. 나는 궁금해졌어요. 그 시간에 그가 누구와 무엇을 하는지 말이에요. 결혼한 지 10년이 지나는 동안 별 관심도 없이 지냈는데 아마 그가 죽을 거란 사실 때문이었을 거예요. 어느 날 집을 나서는 그의 뒤를 몰래 밟았죠. 비도 심하게 내리는데 성하지도 않은 몸으로 집을 나서는 것이 불안하기도 해서였어요. 30분 정도 걸어 도착한 곳은 이곳이었어요. 남편은 지금 당신, 아, 죄송해요, 아니 선생님이 앉아계신 자리에 앉았어요. 그러나 그것뿐이었어요. 누구를 만나는 것도 아니었어요. 그냥 한없이 몇 시간을 그렇게 앉아 있다가 일어서서 나오더니 집으로 돌아가더라구요. 나중에 카페 주인을 통해 알게 된 사실이지만 남편은 아주 오래전부터 그 자리에 와서 앉아있다 가곤 했대요. 그리고 주인은 덧붙였지요. 가게를 인수할 때 전 주인에게 이상한 손님 이야기를 들었다구요. 누구를 만나는 일도 없이 혼자 앉아 있다가만 가는 사람이라구요. 아주 오래전에는 어떤 여자와 같이 왔었는데 언제부턴가 혼자 온다는 사람이었어요. 알고 보니 남편이 바로 그 사람이더라는 거예요. 이상한 사람이 아닌가했는데 키도 훤칠하고 인물도 좋고 가끔 이야기를 던져보면 교양도 있어 보이고 뭔가 분위기도 있는 사람이더라구요. 그러면서 뭔가 사연이 있는 남자인 것 같다는 말을 했어요."

"아, 잠깐만요."

나는 더 이상 여자의 이야기를 듣고 앉아 있을 수 없어 자리에서 몸을 일으켰다. 표현하기 힘든 어떤 예감이 가슴을 뚫고 지나갔다.

"나는, 이제, 좀, 가봐야겠어요."

나는 일어서서 여자를 내려다보며 뜨문뜨문 말을 이어나갔다.

"잠깐만요. 조금만 같이 있어줘요. 나는 지금 죽을 것처럼 힘이 들어요. 남편은 곧 죽을 거예요. 그는 며칠 전에 중환자실로 옮겨졌어요."

나는 둔기로 머리를 맞은 것처럼 휘청거리며 다시 자리에 주저앉았다. '이 여자는 대체 내게 왜 이러는 것인가? 아무 관계도 없는, 처음 만난 나에게 이럴 만한 권리는 어느 곳에도 없다. 나는 이미 오래전에, 10년 전에 이곳을 떠났었고, 그와 아무런 상관도 없어져버렸다. 내가 느끼는 이 예감은 엉뚱한 상상일 뿐이다. 그 여자의 남편이 어쩌면 옛날의 그일지도 모른다는 황당한 상상. 아니, 아니 나도 이미 옛날의 내가 아니다. 그를 사랑할 때의 내가 아니다. 그를 떠난 후 나는 전혀 다른 사람이 되었다. 나는 빨리 이곳에서 벗어나야한다.' 그러나 이런 나의 속마음과 달리 내 눈은 그 여자를 보고 있었다.

갑자기 입구 쪽에서 벌컥거리며 문이 열리는 소리가 들려왔다. 나는 자리에서 일어서서 몸을 돌린 후 고개를 들어 문 쪽을 바라보았다. 입구 쪽은 기둥 때문에 가려져 보이지 않아서였다. 한 여자가 카페로 들어서고 있었다. 그러고 보니 그 여자는 낯이 익었다. 시간이 얼마나 흘렀는지,

이 카페에 들어오기 전 길가에서 어떤 남자와 실랑이를 벌이던 바로 그 여자였다. 그녀는 홀 안을 뚜벅뚜벅 걸어 들어오더니 우리가 앉아있는 곳에서 좀 떨어진 곳에 앉았다. 아까 카페 앞에서 남자에게 따귀를 맞는 모습을 보아서 그런지 카페 안의 밝지 않은 불빛 속에서도 그녀의 볼이 빨갛게 부어 있는 것처럼 보였다. 그녀는 자리에 앉아서 앞쪽에 있는 벽만 바라보고 있었다. 나는 어쩐 일인지 그 여자에게로 가서 무슨 이야기인가를 해야만 할 것 같았다. 오늘은 아무래도 이상한 날임에 틀림없었다. 처음부터 낯선 사람들과 마치 오랫동안 알아 온 사람처럼 얽히고 있었다. 모든 것은 창밖에 내리고 있는 저 비 때문일 것이다. 그것도 게릴라성 집중호우 때문일 것이다! 나는 애꿎은 비를 탓하며 창밖을 바라보았다. 그러나 어쩐 일인지 이 상황에서 벗어나고 싶은 생각도 강하게 일어나지 않았다. 어떻게든 될 것이다. 어차피 집으로 돌아가 보았자 나를 기다리는 것은 썰렁한 빈방뿐일 테니까. 나는 다시 그 여자가 앉아 있는 곳으로 눈길을 주었다. 마음속에서 어떤 말들이 촘촘히 일어서고 있었다. '무슨 일이에요? 그 남자는 어떤 사람이에요? 무슨 일로 따귀를 맞은 건가요?'

그때 홀 안 가득 전화벨 소리가 울려 퍼졌다. 그것은 그녀가 가지고 있던 휴대폰에서 나는 벨소리인 것 같았다. 그 여자가 핸드백에서 휴대폰을 꺼냈다. 여자는 요즘 보기 드문 구형 핸드폰을 가지고 있었다. 나는 그녀의 구형 핸드폰과 찻집의 옛날 엘피(LP)식 음악이 떠올라 얼핏 웃음이 나왔다. 여자가 폴더를 열자마자 남자의 거친 고함 소리가 터져 나왔다.

"야! 너, 빨리 말해. 사실대로 말하면 다 이해하고 용서해준다고 했잖아. 난 다른 건 다 참아도 나한테 거짓말하는 건 용서 못한다고."

전화벨 속의 남자는 몹시 집요한 인물인 모양이었다. 얼핏 듣기에 그 소리는 범인을 취조하는 목소리처럼 느껴졌다. 여자는 남자에게 치명적인 약점을 잡힌 사람 같았다.

"일부러 당신을 속이려고 한 건 아니라고 말했잖아요. 다만 말할 기회가 없었어요. 희망과 기대로 가득한 당신 앞에서 차마 그 말을 할 수 없었어요."

"그럼 넌 이제까지 날 사랑하긴 한 거니?"

"미처 말하지 못한 게 있는 것과 당신을 사랑하는 것이 무슨 상관이 있어요?"

"난 그럴 수 없어. 사랑한다면 서로에 대하여 비밀이 없어야지."

"난 그렇지 않다고 생각해요."

"그러니까 네가 지금 뭔가 캥기는 게 있으니까 나한테 이렇게 나오는 거지?"

꽤 떨어진 거리에 앉아있던 나의 귀에도 남자의 목소리는 증거 찾기에 몰두한 형사의 목소리처럼 느껴졌다. 나는 부르르 진저리를 치며 자리에서 일어났다. 어차피 오늘은 게릴라성 집중 호우가 내려 퍼부은 날이었다.

"잘 지내요. 이제 그만 만나는 게 좋겠어요."

"끝내자고? 이게 누구 마음대로 끝내, 끝내기는!"

"당신이 사랑이라고 말하는 것은 집착일 뿐이예요."

"아, 너 대체 왜 그러는 거야? 내 말 좀 잘 들어보라구."

전화기 속 남자의 목소리가 갑자기 부드럽게 바뀌는 것 같았다.

"다시는 내 앞에 나타나지도 말고, 전화도 하지 말아요."

갑자기 여자의 목소리가 한 옥타브 높이 올라갔다. 동시에 홀 안에 팽팽한 긴장감이 감돌았다. 나는 얼른 여자의 앞자리에 앉았다. 여자가 황황히 전화를 끊고 당황한 기색을 보이며 나를 바라보았다. 나는 다시 그녀의 옆자리로 옮겨 앉았다. 옆자리라고는 하지만 원탁에 의자 세 개가 놓인 자리였다. 여자는 나를 바라보지도 않고 이야기를 시작했다. 그 태도는 내가 듣던, 듣지 않던 아무런 상관이 없다는 투였다. 그래서 그녀의 이야기는 마치 자신의 이야기가 아닌 타인의 이야기인 것처럼 느껴졌다. 그녀의 목소리는 아무런 사전 지식도 없고, 해설도 없이 듣게 된 낯선 음악처럼 들려왔다.

이름이 장선희라는 그 여자는, 오래전에 한 번 결혼을 했다고 한다. 중매결혼이었는데 알고 보니 사기 결혼이었다. 다행이 혼인신고 전이었다.

그녀는 곧 짐을 싸서 집을 나왔고 오랫동안 혼자 지내고 있었다. 그러다가 최근에 다시 선을 보기 시작했다고 한다. 첫 결혼에서 사기를 당한 경험 때문에 남자를 쉽게 믿을 수 없었고 그러다보니 여러 사람을 만났어도 만남이 이어지는 남자가 거의 없었다. 그러다가 조금 아까 전화를 하던 남자를 만났다. 그를 만난 것은 최근의 일이었는데 이전과 좀 달랐다. 그 남자가 마음에 들어서였는지, 자신이 너무 외로워서 그랬는지 잘 알 수 없었다. 남자는 그녀에게 무척 잘해주었으며 가까이 다가왔다. 그러나 한 번의 큰 상처 때문에 그녀는 쉽게 마음을 열 수 없었다. 그것이 원인이 되어 작은 갈등들이 생겨나기 시작했다. 그녀는 그제야 미처 말하지 못했던 자신의 과거를 이야기했고 남자는 충격에 싸였다. 남자는 그녀가 한 번 결혼했었다는 사실보다도 자신에게 미리 말하지 않았다는 사실에 분노했다.

"과거를 가지고 문제 삼는 건 좀 치사한데요. 무슨 친일분자도 아닌데."

"그 사람은 깊은 트라우마를 가지고 있어요. 어릴 적 상처죠. 내가 자기를 떠날까봐 그러는 것 같아요. 전 남편에 대한 이야기를 믿질 못해요. 어릴 적에 친어머니가 그를 버리고 도망을 갔었거든요. 여자에 대한 의심이 많아요. 언젠가 떠날 것이라는 불안감 때문에 여자의 과거의 남자에 대하여 현재처럼 질투를 하는 거죠. 망상적 질투……예요."

장선희는 마치 오래전부터 알던 사이처럼 내게 자신의 이야기를 털어놓고 있었다. 그때 창가 테이블에 엎드려 있던 여자가 비틀거리며 우리 쪽으로 걸어오더니 비어있던 하나의 의자에 털썩 앉았다. 그녀의 손에는 마시다 남은 양주병이 들려 있었다.

"에이, 기분도 그런데, 다들 한 잔씩 해요. 내가 이렇게 이성을 잃어버리는 일도 오늘이 처음이자 마지막이에요. 내일이면 다시 남편에게 가야 되니까요. 아이고, 징그러운 것, 빨리 뒈져버리지 않고는!"

그 여자의 막말에 나는 정신이 확 들었다. 배울 만큼 배운 교양 있는 여자 같았는데 아마도 비와 술 때문에 굳건하던 이성이 한꺼번에 무너져버린 것 같았다. 그녀는 몸을 잘 가누지 못할 정도로 심하게 취해 있었다.

"이봐, 이봐요. 선생…… 선생님, 내친 김에 내 말 좀 더 들어봐요. 내 오늘 말 못하면 속병 될 거 같아 속 시원하게 말이라도 해야겠네……."

그 여자는 말투마저 흐트러져가고 있었다. 갑작스런 상황에 나와 장선희는 어쩌지 못한 채 멀뚱거리고 있었다.

"사실 난 나쁜 년이예요. 남편 만나기 전에 나도 남자가 있었어. 집안에서 반대하는 바람에 결혼을 못했어. 그렇다고 헤어지지도 못했지유. 남편이 이유 없이 늦어도 신경 안 쓴 건 다 그 때문이었지. 결혼하는 날부터 남편이 죽기를 바랬어. 그런데 정말 이렇게 되고 보니까……. 그게 다 내 탓인 것 같아서 너무…… 무서워. 남편은 중환자실에 있는데 눈을 들여다보면 내 가슴이 자꾸만 뛰는 거야……. 아, 그 심정 이해가 되어?

되냐구우유? 남편이 사랑했던 여자를 찾아내면 내가 맘이 좀 편할 거같아. 그렇게도 못 잊어하던 옛날 여자 한 번 보면 편하게 눈 감을 꺼 같어……. 그런데 그 여잘 대체 어디 가서 찾아야 되데유우……?"

그 여자는 세련된 외모와는 어울리지 않게 드문드문 사투리를 쓰며말하고 있었다. 아마도 고향이 지방인 듯 했다.

"당신 남편은 어떻게 생겼나요? 키가 크고 덩치가 크다고 했죠? 음악을 하고. 그러면 혹시 손목에 흉터자국이 있나요?"

나는 그와 나만의 비밀스런 추억을 내비치며 문득 물었다.

"흉터자국? 있지. 어느 쪽?"

여자의 목소리가 흐트러졌다. 여자는 많이 취한 것 같았다. 나는 하려던 말을 멈추고 자리에서 일어섰다. 이제 그만 상황을 수습해야만 할 것같았다. 장선희가 어정쩡한 자세로 따라 일어섰다.

"나갑시다. 어쨌든 이 분을 집에까지 모셔다 줘야겠네요."

나는 오른쪽 어깨로 그 여자를 부축하여 문 쪽을 향하여 걸었다.

비는 그쳐 있었다. 골목 끝에서 노란 헤드라이트를 밝힌 택시가 다가오고 있었다. 나는 왼쪽 손을 높이 올렸고 이어 장선희가 큰 소리로 "택시!"라고 외쳤다. 그 여자를 태운 후, 나도 택시에 올라탔다. 여자를 똑바로 앉히고 앞을 보니 장선희는 어느새 앞좌석에 앉아 있었다.

택시가 멈춘 곳은 산으로 향하는 비탈의 초입에 위치한 커다란 주택의 대문 앞이었다. 그리고 조마조마했던 현실이 나의 눈앞에 닥치고 있었다. 그곳은 오래전에 가 보았었던, 그의 어머니의 독살스런 눈초리가 있던, 그의 집이었다.

어둠 속에서 오래전 그가 왼쪽 손을 내밀며 말하고 있었다.

"너하고 같이 죽고 싶었어. 아니, 너를 간직한 채 내가 없어져버리고 싶었어. 더 날카로운 칼을 사용했었어야 되는데⋯⋯. 이게 너를 위해서 내가 할 수 있는 최선이야. 오랫동안 힘들 거야. 이 상처, 네게 바치는 사랑이라고 생각하고 간직할게. 너를 만났으니 이만큼의 대가를 치르는 건 너무도 당연해. 얼마 지나지 않으면 이곳에 흉터가 생기겠지. 그리고 흉터를 볼 때마다 난 너를 생각하게 될 거야."

그리고 커다란 대문 앞에는, 오래전 그 옛날에 그랬듯이, 그의 어머니가 피가 흘러내리는 손목을 치켜들고 있는 아들을, 발을 동동 구르며 바라보고 서 있는 것 같았다.

나는 눈을 감았다가 다시 떴다. 비가 그친 하늘은 이전처럼 청명해져 있었다. 그러자 저만치 밤하늘 어디쯤에선가 서늘한 바람이 한 줄기 불어왔다. 그리고 그것이 내 가슴을 휘돌더니 하늘 한가운데로 훌쩍 날아올랐다.

여름의 추억

그녀는 냉장고 문을 열고 어제 저녁에 사다두었던 조기를 꺼낸다. 투명한 비닐봉지 속에 들어있던 그것들은 몹시 외로웠다는 듯이 그녀의 손길이 닿자 '깜빡' 눈을 감았다가 뜨며 생긋 웃는다. 그녀는 그것들의 반색에 진저리를 치듯 몸을 떨며 뒤로 한걸음 물러선다. 그리고 자신 말고 누가 있는지 확인하기 위해 주위를 두리번거린다. 해질녘의 고요가 가라앉아있을 뿐 주변엔 아무도 없다. 평상시 이 시간쯤이면 들려올법한 아이들의 재잘거림도 들려오지 않는다. 다들 서둘러 귀향했을 것이다. 이런 날에 집에 남아 있는 사람은 그녀 밖에 없을 것이다. 그녀는 침묵을 견딜 수 없다는 듯이 어깨를 으쓱거리며 현관 쪽으로 다가가 문을 열었다. 복도를 따라 나있는 여러 개의 철문들은 굳게 닫혀 있었다. 확실히 이 시간에 이곳에 남아있는 사람은 그녀 밖에 없는 것 같았다.

그녀는 다시 집안으로 들어와 싱크대 앞에 선다. 물고기들은 비닐 속에서 둥그렇게 눈을 뜬 채 여전히 웃음을 짓고 있다. 그녀는 묶여있는 비닐봉지의 끝부분을 조심스럽게 풀기 시작한다. '잘못하여 고기들이 튀어나오면 안 되지.' 그녀는 자신도 모르게 중얼거리다가 흠칫 몸을 떤다. '죽은 고기들인데, 튀어오를 리가 없는 걸.' 그녀는 다시 입을 우물거리며 억지스러운 자신의 생각을 바꾸려한다. 그녀는 매듭을 푼 비닐봉지의 입구를 벌린 후 수도꼭지에 가져다대고 물을 튼다. '시원하겠구나. 다시 물을 만났으니 살아날 수는 없겠니? 네 눈을 보면 네가 죽었다는 것을 나는 도저히 믿을 수가 없어.' 그녀는 깊어지려는 자신의 생각에 다시 몸을 움츠렸다 펴면서 봉지 속을 들여다본다. 물을 만난 고기들은 물속을 빙빙 돌며 활개를 치고 있다. 그녀는 수도꼭지를 잠근 후 봉지의 입구를 돌려 틀어쥔다. 고기들은 여전히 물속에서 둥그런 눈을 뜨고 펄떡거리고 있다. 그녀는 두 눈을 깊이 감았다가 천천히 다시 뜬다. 그리고 쥐고 있는 봉지를 뚫어질 듯이 쳐다본다. 물로 팽팽하게 채워진 봉지 안 밑바닥에 물고기들이 넓적하게 누워있다. 그녀는 '피식'거리며 서투른 웃음을 지어본다.

그녀는 물이 든 봉지를 이리저리 흔든 후 끝을 약간 벌려 잡아 천천히 물을 뺀다. 그것을 몇 차례 반복하고 나서 그녀는 봉지 안에 남은 생선들을 한 마리씩 꺼내어 커다란 접시 위에 올려놓는다. 그들은 여전히 웃고 있다. '죽었는데도 슬프지 않은가보지? 아니 어쩌면 살아있을 때보다 더 행복한 지도 모르지? 그럴 거야. 그렇지 않다면 이렇게 웃고 있을 리가 없잖아? 그렇죠?' 중얼거림이 격해지는가 싶더니 그녀가 갑자기 몸을 돌려 거실 쪽으로 빠르게 걸어가 어떤 사진틀 앞에 멈추어 선다.

사진 속에는 고등학생쯤으로 보이는 여자 아이가 웃으며 서 있다. 그리고 그 옆에는 비슷한 또래로 보이는 남자가 그녀의 어깨를 감싸 안은 채 역시 웃고 있다. 그들의 뒤편으로 햇살을 받아 번쩍거리는 오토바이가 놓여있다. 그녀의 눈망울이 갑자기 붉어지는가 싶더니 눈물이 한 방울 또르르 흘러내린다. 눈물은 흐느낌으로 변하는가 싶더니 거의 알아들을 수 없는 중얼거림으로 바뀐다. 어디선가 버석거리는 소리가 들리는 듯하다. 흐느끼던 그녀가 문득 고개를 들고 사방을 두리번거리다 싱크대 쪽으로 고개를 돌린다. 그녀는 급한 걸음으로 싱크대 쪽으로 다가간다. 물고기들은 무슨 일이 있었느냐는 듯 눈을 둥그렇게 뜨며 하얀 접시 속에서 그녀를 쳐다보고 있다. 그녀는 벽에 걸린 키친 타올을 뜯어 소리 나게 코를 푼다.

그녀는 씽크대 위에 달린 찬장의 문을 열고 밀가루를 꺼낸 후 커다란 쟁반에 덜어 놓는다. 가스레인지의 손잡이를 돌려 불을 켜고 벽에 걸려 있던 프라이팬을 내려서 올려놓은 후 식용유를 넉넉하게 두른다. 그리

고 쟁반 위의 밀가루를 얇게 편 후 접시 위에 놓여 있던 생선을 가져다
가 올려놓는다. 그리고 그것들에게 차근차근 밀가루를 입히기 시작한
다. 노르스름한 껍질과 은빛 비늘이 금방 분을 바른 얼굴처럼 뽀얗게 변
한다. 미처 밀가루가 묻지 않은 입부분만 붉은 기운이 남아 있다. 그녀는
마치 자신의 얼굴에 분을 바른 것 같아 주방 쪽에 걸려있는 거울 쪽으로
힐끔 눈길을 준다. 거울 속에는 핏기 없는 얼굴의 여자가 긴 머리를 묶고
서 있다. 그녀는 갑자기 가스레인지의 불을 끈다. 달아오르던 프라이팬
이 다시 식기 시작한다. 그녀는 화장실로 달려가 비누칠을 하여 밀가루
가 묻은 손을 꼼꼼히 씻는다.

그녀는 화장대 거울 앞에 앉아 있다. 그렇게 앉아 있는 자신의 모습이
무척 생소하다고 생각한다. 거울을 보지 않고 살아온 지가 너무 오래되
었다. 한때는 하루에도 몇 번씩 거울을 들여다보며 살았던 때도 있었다.
아이 아빠가, 이런 호칭으로 부르니 참으로 어색하다, 아니, 그가 살아
있을 때는 같이 거울을 들여다보며 장난을 치기도 했었다.

그렇게 죽다니! 나는 아직도 모든 것을 믿을 수가 없다. 그날 내가 그
를 말렸더라면, 상황은 달라졌을 것이다. 아니, 모두가 다 나 때문이다.
내가 오토바이를 타고 싶다고 하지만 않았더라면 그가 친구에게서 오토
바이를 빌렸을 일도 없었고, 면허증도 없는 그가 그것을 탔을 일도 없다.

아니, 대학 합격 통지를 받은 기쁨 때문이었다. 우리는 마시지 못하는 술을 먹었고 가지 말아야 할 길로 급하게 들어가 버리고 말았다. 무슨 일이 일어났는지 알지 못하였다. 그리고 왜 나는 갑자기 오토바이를 타고 싶다는 생각이 들었는지 몰랐다. 그의 등 뒤에 딱 달라붙어 어딘가로 신나게 달려보고 싶었던 것일까? 차라리 그날 그와 같이 오토바이를 탔더라면! 이렇게 혼자 살아남지 않아도 되었을 텐데.

친구에게서 오토바이를 빌린 그는 합격기념 촬영을 하자며 나를 오토바이 앞에 세웠다. 사진을 찍어주던 사람의 눈길이 부러움으로 우리에게 쏟아졌다. 그가 카메라를 내게로 건네주었다. 그리고 내게 태워주겠다며 자기 뒤에 타라고 했다. 나는 주저하며 망설였다. 그러자 그가 뭐가 무섭냐며 엑셀을 세게 밟으며 장난스럽게 출발했다. 그는 나를 돌아보며 겁쟁이라고 소리를 질러댔다. 내 앞에서 몇 바퀴를 돌던 그가 갑자기 차도를 향해 핸들을 꺾었다. 나는 위험하다고 소리를 질렀다. 그 순간 그가 뒤돌아보았고 달려오던 버스가 그가 탄 오토바이를 덮쳤다. 그를 묻고 산을 내려오던 나는 속이 몹시 울렁거렸고 병원에 가서 임신이란 것을 알았다.

그녀는 화장지를 뽑아 흘러내리는 눈물을 닦는다. 그리고 크림 통을 열고 얼굴에 바른 후 휴지로 닦아내고 화장을 시작한다. 거울 속 그녀의 얼굴이 밀가루를 입힌 생선처럼 뽀얗게 변한다. 그녀는 천천히 입술을 칠한다. 오래전에 바르다가 두었던 연분홍빛 립스틱이다. 그녀는 장롱을 열고 이리저리 옷을 들쳐보다가 크림색 원피스를 꺼내어 천천히 입는다. 그것은 그가 가장 좋아하던 옷이었다. 갑자기 방안이 환해지는 것 같다. 그녀는 묶었던 머리를 풀어서 늘어뜨린다. 그가 살아있던 오래전으로 돌아간 것 같다. 그녀는 사진 속에서처럼 그가 그녀의 어깨를 두르고 서서 웃고 있는 것 같다고 생각한다.

급한 일이 생겼다는 듯 거실 쪽에서 전화벨이 울린다.

"이모, 지금 할머니랑 삼촌이랑 맛있는 거 먹고 있는데, 이모 안 심심해?"

아이는 말을 배우기 시작하면서 그녀를 이모라고 불렀다. 그녀의 앞날을 생각한 어머니의 생각에 의해서였다. 아이가 다섯 살이 될 때까지 그녀의 옆집에서 살던 그의 어머니는 올해 초 제주도로 이사 갔다. 그의 어머니는 그녀의 어머니와 매우 친한 친구 사이였다. 그녀가 태어나고 얼마 지나지 않아 사별을 하게 된 어머니는 그의 어머니에게 의지하며 세월을 지내왔다. 아버지의 사인은 유전적인 불치병이었다. 어머니에게 아버지를 소개해주었던 그의 어머니는 아버지의 갑작스런 죽음에 일종의 죄책감을 가졌다. 아들만 둘을 두었던 그의 어머니는 그녀를 자기의 딸처럼 아꼈다. 그래서 그녀는 두 명의 오빠를 둔 아이처럼 컸다. 그리고 자라면서 두 명의 오빠 중에서 작은 오빠를 더 사랑하게 되었다.

오토바이 사고로 그가 죽고 나자 그의 형이었던 큰오빠는 그녀에게 더욱 잘해주었다. 지금 아이가 말하고 있는 삼촌은 큰오빠였다.

"응, 괜찮아. 이모 걱정하지 말고 은비는 할머니랑 잘 지내다가 와."

그녀는 전화를 끊는다. 어쩐 일인지 왈칵 눈물이 쏟아져 내릴 것 같아 그녀는 얼른 부엌 쪽으로 뛰어가 다시 가스레인지의 불을 켠다. 프라이팬이 아까처럼 뜨거워지기 시작한다. 그녀는 쟁반에 하얀 분가루를 뒤집어쓰고 누워있는 생선을 쳐다보다가 그것을 일으켜 세워 탁탁 밀가루를 털어낸다. 프라이팬에 들어있는 기름이 달구어지는 냄새가 난다. 그녀는 들고 있던 생선을 프라이팬에 넣는다. 직직거리며 기름이 생선에 달라붙는다.

그녀는 나무젓가락으로 생선을 뒤집는다. 양쪽이 노릇노릇하게 구어지자 그녀는 생선의 배를 프라이팬에 대고 세운다. 두 마리의 생선은 얌전하게 서 있다. 그녀는 그 생선들이 마치 그와 그녀 자신인 것처럼, 결혼식장 주례 앞에 서 있는 것이라고 생각해본다. 프라이팬 주변으로 기름에 튀겨진 밀가루가 둥글게 말려있다. 모두 그들의 결혼을 축하해주러 온 하객들이다. 그녀의 볼에 홍조가 어린다. 어디선가 아득한 곳에서 신랑 신부는 서로 마주 보라는 주례의 목소리가 들려온다. 그녀가 몸을 돌리며 그의 눈을 바라보려는 순간 삐지직거리며 뭔가 터져 흘러내리는 소리가 천둥소리처럼 들려온다. 가만 보니 신랑이라고 여겼던 생선의 배가 터졌고 내장이 흘러내리고 있었다. 그녀는 급히 신랑을 프라이팬 바닥에 눕히고 휴지를 뜯어 흘러내리는 액체를 닦아낸다. 마치 상처 부위를 거즈로 닦아내는 의사처럼. 찐득한 액체는 쉬지 않고 계속 흘러나온다. 생각보다 상처는 심한 것 같다. 그녀는 쟁반에 있던 밀가루를 수저로 떠서 그곳에 뿌리고 지혈을 하듯 가만가만 눌러준다. 한참만에야 생선 배에서 흘러내리던 액체가 그친다. 그녀는 그것을 일으켜 다시 신부의 옆에 세운다.

신부가 조금 아까 입었던 백색의 드레스는 이제 기름에 구워져 노랗게 변해버렸다. 자세히 보니 여기저기 시커먼 얼룩 덩어리도 보인다. 그녀가 갑자기 울음을 터트린다. 그때 거실 쪽에서 문자 메시지가 왔다는 신호음이 들려온다. 그녀는 고여 있던 생각을 털어내듯 머리를 한번 흔들고 난 후 거실 쪽으로 천천히 걸어간다.

'여름의 추억이 그리운 시간, 즐겁고 행복한 명절 연휴 되세요. 다시 만날 날을 기다리며.'

누구일까? 그녀는 발신자를 보기 위해 핸드폰 화면 옆의 버튼을 꾹꾹 누른다. 그러나 화면의 끝부분엔 웃고 있는 이모티콘이 찍혀 있을 뿐 이름이 없다. 그녀는 화면을 되돌려 문자 메시지의 발신 번호가 찍힌 곳을 본다.

'김희수님'

그녀의 얼굴에 순간적으로 화색이 돈다. 그녀는 지난여름에 어머니와 함께 어떤 문화단체에서 주관하는 행사에 참여했었다. 행사는 강원도의 어느 마을에서 열렸는데 마지막 코스는 마을의 위편에 있는 절을 둘러보는 것이었다. 행사 기간 내내 그녀는 어린아이처럼 어머니의 곁에서만 맴돌았는데 마지막 코스에서 어머니는 그녀 혼자 절을 돌아보라고 하시곤 법당에서 열리고 있던 기도 행사에 참가하셨다. 마침 백중을 며칠 앞두고 있던 터라 절에서는 연등 행사와 각종 기도 행사가 한창이었다.

그녀는 절을 한 바퀴 둘러보고 앞마당을 지나 사람들의 발길이 뜸한 곳을 찾아 뒤편으로 갔다. 그곳엔 조그만 암자가 있었고 절에서 일하는 사람으로 보이는 나이 든 남자가 암자 옆에 딸린 창고에 나뭇가지를 쌓고 있었다. 부러진 잔가지를 말려서 모아 두는 곳 같았다. 암자에 이어져 있는 산은 경사가 심했는데 암자 앞에서 어떤 젊은 남자가 산 쪽을 향하여 사진을 찍고 있었다.

남자가 카메라에 담고 있는 것은 어린 멧돼지였다. 그것은 얼핏 보아서는 절에서 기르는 가축처럼 보였다. 그녀는 깜짝 놀란 눈으로 멧돼지를 바라보았다.

"이게 먹이를 찾아 산에서 내려와서 이렇게 이 주변에서 논다네요. 산이 깊어서 멧돼지가 많은 모양이에요."

사진을 찍던 남자가 그녀를 향하여 고개를 돌리며 말했다.

"어머, 이게 진짜 산에서 내려온 멧돼지 새끼라고요? 절에서 기르는 것이 아니고요?"

그녀는 자신도 모르게 순식간에 쏟아내듯 말했다.

"정말 신기하지요? 저 코 좀 보세요."

"어머, 어린 새끼라서 그런지 귀여운데요? 책에서 보던 날카로운 송곳니를 가진, 무시무시한 그런 멧돼지가 아니네요!"

말끝에 그녀는 자신도 모르게 깔깔거리며 웃었고 남자도 같이 웃었다.

"제가 손금을 좀 볼 줄 알거든요. 좀 봐 드릴게요."

그녀는 손을 내밀었고 남자가 고개를 숙여 그녀의 손을 들여다보았다. 남자와 그녀는 어느새 아주 오랫동안 알아왔던 사람처럼 보였다. 한낮의 뜨거운 햇살이 그들의 등 뒤로 지나가고 있었다.

"재주가 뛰어나고 세 대의 수레에 금을 가득 싣고 가는 손금이네요. 아 이런, 그런데 사주에 남자가 없네요."

남자가 고개를 들어 그녀를 빤히 쳐다보며 말했다. 그녀는 순간 당황했다. 그가 한 말도 그랬지만, 그녀는 최근 몇 년 동안 누구와 이렇게 가까이 서서 이야기해본 적이 없었다. 그것도 남자와 손을 마주잡고서. 갑작스런 수줍음이 그녀의 등을 타고 올라왔다. 그 기운을 느꼈는지 문득 남자가 그녀의 손을 놓고 앞쪽을 향하여 발걸음을 옮겨놓으며 말했다.

"아, 아니 남자가 곧 생기겠네요. 올해 안이나 내년에 생겨요. 재주도 뛰어나고 돈도 있고……. 그런데 건강은, 현재 어디가 아프신건 아닌 것 같은데 조심을 해야겠어요. 참, 성함이 어떻게 되시죠? 전화번호 알려주시면 나중에 좀 더 자세한 손금 봐드릴게요."

"이. 희. 진. 이라고 해요. 010-9851-2772"

"아, 저랑 이름 첫 글자가 똑같은데요. 반갑네요. 시간 나실 때 차 드시러 나오세요. 전 충무로 쪽에 사무실이 있거든요."

그녀가 남자에게 전화번호를 알려주었을 때 저쪽 편에서 어머니가 그녀를 부르는 소리가 들려왔다.

"아는 사람이니?"

어머니는 그녀의 그런 모습이 뜻밖이라는 듯 의아한 표정으로 물었고 그녀는 고개를 저으며 대충 얼버무리려했으나 어머니는 그녀의 얼굴이 잠깐 붉어진 것을 놓치지 않았다.

"어쩐 일이니? 낯선 사람하고 이야기를 다 하고?"

어머니의 말대로 그녀는 정말 몇 년 만에, 그가 죽은 이후 처음으로 낯선 사람하고 이야기를 한 것이었다. 그녀는 너무 오랫동안 자기 안에 들어앉아 있었던 것이다. 그간 어머니는 여러 가지 방법을 동원하여 그녀를 바깥 세계로 끌어내려고 했으나 모두 헛수고로 끝나고 말았었다.

어쩌면 이번 행사에 참여하게 된 것도 어머니의 그런 노력 중의 한가지이기도 했다.

"멀리서 봤지만, 그냥 괜찮아 보이던데, 뭐 하는 사람이라니?"

"잘 몰라요. 그냥 멧돼지 이야기 했어요."

"멧돼지?"

"아, 그냥 손금 봐준다고 해서요."

"그래? 손금이 어떻다니? 몇 살이라는데? 어려보이던데."

어머니가 갑자기 엄청난 관심을 보였기 때문에 그녀는 그와 나누었던 잠깐 동안의 시간들을 자세하게 이야기할 수밖에 없었다. 그녀는 얼떨결에 일어난 자신 내부의 미묘한 감정을 들킨 것 같아 왠지 마음이 편하지 않았다.

"전화번호도 교환했으니 연락 먼저 해 봐. 어떠니? 그냥 말동무라도 하면 나쁠 것 없잖아. 충무로가 사무실이라니 시내 나갈 때 들러서 차도 마시고. 그쪽에서도 그렇게 말했다며?"

그녀는 어머니의 말을 건성으로 들어 넘겼지만, 어쩌면 이번 명절에 이렇게 그녀 혼자 집에 남게 된 것도 어머니의 어떤 생각 때문이기도 했다. 아이와 관련된 사람들과 자꾸 만나는 것 자체가 그녀를 과거의 시간에 묶어두는 것이라고 어머니는 생각했다. 어머니는 그녀가 과거에서 자유로워지기를 바랐다. 그녀가 태어난 지 얼마 되지 않아 남편이 죽은 후,

오랫동안 혼자 지낸 엄마는 외로움이 얼마나 힘든지를 누구보다도 잘 알고 있었다. 그래서 딸이 자신처럼 혼자 늙기를 원하지 않았다.

'아, 김희수씨. 안녕하셨어요? 그간 잘 지내시고요? 명절 잘 보내셔요! 날씨가 참 좋으네요. 정말 가을이네요!'

그녀는 어느 순간 문자 답장을 쓰고 있는 자신을 의식하고는 문득 화장대 거울 속의 자신을 들여다보았다. 그리고는 자신을 향해 희미하게 웃었다. 그리고 지금 이 순간 김희수라는 사람과 이야기를 나누고 싶다는, 그가 옆에 있어 같이 말을 나눌 수 있다면 좋겠다는 생각이 불쑥 솟아올랐다. 그러자 어떤 쓸쓸함이, 그가 죽은 후 한 번도 생각해보지 못했던 어떤 외로움이 그녀를 감쌌다. 그녀는 문자 메시지 보냄 버튼을 누르며 다시 한 번 거울을 쳐다보았다. 거기 공허한 표정의 어린 여자아이가 우두커니 앉아 있었다. 그녀는 자신도 모르게 가늘게 한숨을 내쉬곤 베란다 밖을 향하여 시선을 돌리다가 다시 핸드폰을 들여다보았다. 어느 틈엔가 답신이 와 있었다.

'날씨 쨍! 충무로에 언제 한번 나오세요! 맛있는 커피 대접할게요. 기다립니다.'

그녀는 갑자기 마음이 바빠졌다. 곧바로 어떤 답신인가를 또 보내야 할 것 같았다. 그녀는 메시지가 뜬 화면의 아래쪽에 있는 시간을 확인한다. 남자의 처음 안부 문자에 자신이 답장을 보낸 건 5분 정도의 시간이 지나서였는데 1분 만에 다시 답장이 왔다. 그녀는 자신도 남자가 보낸 속도만큼 빨리 답장을 보내야 될것만 같아 잠시 초조해졌다. 마치 그 시간 안에 답장을 안 하면 남자가 떠나갈 지도 모른다는 불안감마저 들었다. 그녀는 뭐라고 답장을 써야할 지 잠시 망설였다. 그리고 남자가 보낸 문자의 내용을 곰곰이 생각해보았다.

남자는 충무로에 언제 한번 나오라고, 기다린다고, 했다. 그 문자들은 나비처럼 팔랑거리며 그녀의 주위를 빙빙 돌고 있는 것처럼 느껴졌다. 그것들은 매우 깊이, 그리고 오랫동안 가라앉아 있던 그녀의 어떤 욕망을 들추기라도 할 듯 현란하고도 집요했다. 남자는 커피를 대접한다고 했다. 그것은 그녀에게 데이트를 신청하는 것일까? 그녀는 다시 그 남자의 마음속이 궁금해지기 시작했다. 당장 전화벨을 눌러 그것을 확인해보고 싶은 마음이 일었다. 그녀는 자신이 어떻게 이렇게 빨리, 갑자기 마음이 변하고 있는 건지 자신도 종잡을 수가 없었다. 그 짧은 문자 메시지, 겨우 두 번에 비약적으로 펼쳐지는 자신의 불합리한 상상에 스스로 당황스러워졌다.

아주 조금 전까지만 해도, 불과 30분 전만 해도 자신의 마음속에는 아이와 오래전에 죽은 그와 어머니, 제주도에 있을 그의 어머니와 그의 형에 대한 생각뿐이었다. 그리고 그와 함께 찍었던 사진을 보며 눈물을 삼키지 않았던가? 그녀는 지금 자신이 누구를 그리워하는 것인지 혼란스러워지기 시작했다.

'김희수, 그는 대체 어떤 사람이기에 나는 여름에 그토록 스스럼없이 이야기를 하게 된 것이었을까? 그리고 나는 지금 그 사람이 갑자기 보고 싶어졌다. 당장 지금이라도 충무로로 가겠다는 전화를 하고 택시를 잡아타고 그를 만나러 가볼까?'

그녀는 눈을 감고 자신이 무슨 생각을 하고 있는지 되새겨 보았다. 처음에 그가 보낸 문자를 여러 번 들여다보고 곱씹어보고 자신이 보낸 문자를 들여다보고 그것을 어떻게 생각했을까 상상해보다가 다시 그가 보낸 문자를 들여다보고 생각에 잠겼다. 그러자 그녀가 가지고 있던 그런 생각들이 스르르 눈덩이로 변하더니 드넓은 눈밭을 마구 굴러다니기 시작했다. 생각은 순식간에 덩치가 커지면서 속도를 빨리했다. 그녀는 마음이 움직이는 속도의 빠름에 새삼 감탄하며 다시 한번 거울 속 자신의 얼굴을 들여다보았다.

그녀는 더 이상 가만히 앉아 있을 수가 없었다. 무슨 말인가의 내용으로 답장을 보내야 할 것인데 아무 생각도 떠오르지 않았다. 금방이라도 답장을 보내지 않으면 그가 떠나버릴지도 모른다는 불안감이 가득했지만 그 어떤 답장 또한 보낼 수가 없었다. 남자가 보내온 말이 남자의 진심인지도 알 수 없었고 진심이라면 어떤 답장을 보내야할지, 진심이 아니고 농담처럼 한 것이라면 또 어떤 답장을 보내야할지 망설여졌다. 그녀는 어쩐 일인지 가슴이 두근거리는 자신을 느꼈다. 그렇지만, 당장이라도 달려 나가 만나고 싶은 마음이 가득함에도 불구하고 그녀는 어떤 행동도 할 수 없다는, 이성의 그 어떤 무지막지한 무게를 이겨낼 수가 없었다. 또한 어떤 답장도 보내서는 안 된다는 무언의 압력을 느끼고 있었다.

그녀는 자리에서 벌떡 일어섰다. 숨이 막힐 것 같았다. 베란다 밖으로 해가 떨어진 후의 쓸쓸한 가을 잔광이 비쳐들었다. 차라리 어머니 의견에 따르지 말고 함께 제주도로 갈 걸 그랬나 하는 후회가 잠깐 들었다. 그녀는 열쇠를 챙겨들고 현관 쪽으로 걸음을 옮겼다. 일단 이 공간에서 빠져나가서 생각해보아야 할 것 같았다. 그녀는 집 근처에 있는 대형 마트에 가야겠다는 생각을 하고는 급히 집을 나섰다. 명절에도 정상으로 영업을 하는 것이 참 다행이었다. 그곳에 가면 늘 구경하던 어항들이 있었다. 그녀는 그것들이 빨리 보고 싶다는 생각이 들었다.

그녀는 대형 마트의 삼층으로 올라가는 에스컬레이터가 있는 곳으로 걸어가고 있었다. 어항이 있는 곳은 음식코너로 이어지는 서쪽 편이었다. 명절을 하루 앞두고 있는데도 마트에는 사람들이 제법 많았다. 그녀는 천천히 사람들 사이를 헤치고 나가 에스컬레이터에 몸을 올려놓았다. 몇 사람 건너 저만큼 위편에 젊은 남녀 한 쌍이 팔짱을 끼고 무슨 말인가를 다정하게 주고받으며 서 있었다. 남자가 여자 쪽으로 몸을 숙이는 것 같았는데, 무슨 말을 했는지 여자가 갑자기 손을 들어 남자의 등을 때리면서 크게 소리 내어 웃었다. 그녀는 멀거니 그 장면을 바라보았다. 오래전에 그녀도 그곳에서 그러한 모습으로 서 있었던 것 같은 기억이 떠올랐다. 아마 칠팔 년 전의 어느 날이었을 것이다. 그가 그녀의 귀에다 대고 뭐라고 속삭였었고 그녀는 화가 나서 그의 등을 세게 쳤고, 동시에 둘은 마주보고 크게 웃었던 기억이 떠올랐다. 그날 그가 그녀에게 무슨 말을 했던가? 그녀는 한참 동안 그것을 생각해 보았으나 잘 떠오르지 않았다. 그러고 보니 시간은 그녀에게서 그 기억들을 가져간 것이었다.

경사가 급해서 그런지 위편에서 내려오는 에스컬레이터는 빠르게 움직이는 것 같았다. 그녀는 자신을 향해 달려오는 듯한 사람들 속에서 문득 낯익은 누군가의 얼굴을 본 것 같았다. 서글서글한 눈매를 가진 어떤 남자. 그녀는 숙였던 머리를 흔들며 고개를 들었다. 그러자 저만치 위에서 다시 남자의 모습이 보이는 것 같았다. 그녀는 눈을 조금 더 크게 뜨고 황급히 사람들 속을 더듬어 나갔다. 얼굴은 점점 더 확실해지고 있었다. 바로 조금 아까 문자를 보냈던 그 남자, 김희수의 모습이었다. 그녀는 다시 심하게 고개를 흔들고 에스컬레이터의 계단을 마구 뛰어올라갔다. 그녀가 그녀 위쪽에 서 있던 어떤 남자의 곁을 지날 때에야 그녀는 그가 이제까지 한 번도 본 적이 없는 사람이었음을 알 수 있었다.

그녀는 급히 서쪽 방향을 향해 나아가서 수조들이 놓여있는 쪽으로 바삐 걸어갔다. 가슴이 심하게 두근거리고 있었다. 조금 아까 분명히 그 남자가 아닌 것을 확인했는데도 어쩐 일인지 그 남자가 자신을 줄곧 뒤따라온 것 같았다. 아니 뒤따라오기를 바라고 있었는지도 몰랐다. 그리고 곧이어 그녀의 어깨를 치며 '아니, 그렇게 빨리 가면 어떻게 해요! 같이 가야죠. 어이구 숨차, 무슨 여자가 이렇게 걸음이 빨라!'라고 말할 것만 같았다. 그리곤 그녀의 옆에 서서 또 이렇게 말할 것만 같았다. '무슨 물고기 구경해요? 나도 같이 구경해요. 어, 저기 저 금붕어…….'

그녀는 여름에 그 남자가 멧돼지 이야기를 할 때의 어조와 표정이 떠올라 자신도 모르게 쿡 웃음을 터뜨렸다.

그녀는 자신이 즐겨보던, 구석에 놓인 수족관 쪽으로 다가갔다. 그곳에는 늘 주홍색 금붕어 두 마리가 사이좋게 놀고 있었다. 그녀는 마트에 장을 보러 오거나 물건을 사러 올 때면 늘 그곳에 들러 한참씩 금붕어들을 바라다보고 가곤 했다. 그곳엔 물고기들을 구경하러 오는 사람들이 많았다. 그녀는 단골손님인 셈이었다. 그녀의 잦은 발걸음으로 물고기와 수족관을 관리하는 점원 아주머니는 그녀를 알고 있었다.

그녀가 평소처럼 수족관 가까이 갔을 때 어쩐 일인지 금붕어는 한 마리밖에 보이질 않았다. 그녀는 깜짝 놀라 이곳저곳 수초와 바윗돌 사이로 눈길을 주며 금붕어를 찾았다. 그러나 어느 곳에 깊이 숨어버렸는지 보이지 않았다. 가만히 보니 사라진 것은 수컷이었다. 남아 있는 금붕어 는 물속을 이리저리 헤엄쳐 다니고 있었다. 그러나 그녀가 보기에 그 몸 짓은 어쩐 일인지 몹시 힘이 빠져 있는 것처럼 보였다. 아니 좀 더 자세히 들여다보니 수컷을 찾아 이리저리 헤매고 있는 것처럼 보였다. 그녀는 마 치 자신이 금붕어가 된 것처럼 가슴 한구석이 무너져 내리는 것 같았다.

그때 수족관을 관리하는 아주머니가 바가지를 들고 나타나더니 수족 관의 뚜껑을 열고 바가지 안에 들어있던 것을 부었다. 바가지에서 빠져 나온 금붕어는 민첩하게 물속으로 헤엄쳐 들어갔다.

"며칠 전에 한 마리가 죽어서 갖다 버리고 새 놈으로 한 마리 넣은 거야."

아주머니는 궁금한 것을 미처 말로 하지 못하고 눈만 둥그렇게 뜨며 묻는 그녀를 바라보며 말하더니 둘러서 있던 사람들을 한 번 휘 둘러본 후 안쪽으로 발걸음을 옮겼다.

새로 나타난 수컷은 에너지가 넘치는지 몹시 활발했다. 이리저리 수 족관 속을 휘젓고 다니던 놈은 은근슬쩍 암컷이 있는 곳으로 다가갔다. 암컷은 낯선 침입자에 대해 경계심을 가지고 있었던 듯이 그것이 다가오 자 재빨리 몸을 돌려 반대방향으로 헤엄쳐 달아나고 있었다. 무안해진 수컷은 아무 일 없었다는 듯 수족관을 한 바퀴 휙 돌고 나더니 다시 암컷에게로 접근을 시도했다. 그것은 암컷이 있는 수초 쪽으로 다가가더니 민첩하게 암컷에게 다시 코를 들이밀었다. 암컷은 이내 고개를 돌리더니 방향을 틀어 도망치기 시작했다. 그러나 이번에는 아까처럼 무턱대고 반대쪽으로 도망가는 것이 아니고 절반쯤 도망갔다가 다시 방향을 바꿔 수컷이 있는 쪽으로 되돌아오기 시작했다.

그녀는 자신도 모르게 금붕어들의 모습에 몰두해 있었던가 보았다. 어떤 거칠고 낯선 숨결 소리에 그녀는 문득 정신이 돌아왔다. 낯선 남자가 그녀의 옆에 바짝 붙어 서서 금붕어를 들여다보고 있었다.

그녀는 자신도 모르게 한 발짝 물러섰다. 그녀의 몸짓에 남자도 잠시 주춤거리며 물러서더니 무안함을 감추기 위해 시선을 다시 금붕어 쪽으로 주며 그쪽으로 더욱 가까이 갔다. 남자는 마치 그녀의 오랜 스토커였던 것처럼 느껴졌다. 남자의 옆얼굴에 잠시 홍조가 스치고 지나갔다. 얼핏 보기에 남자는 나이가 조금 들어보였는데 때 이른 검은 색 바바리코트를 입고 있었다. 그녀는 갑자기 심한 한기를 느꼈다. 그리고 곧이어 어떤 두려움이 엄습해왔다. 늦은 시간이었고 집까지 가려면 후미진 골목을 몇 군데 돌아가야 했으며 집에는 아무도 없는 것이었다. 그녀의 어머니는 그녀가 이렇게 늦은 시간에 혼자 마트에 나올 것이라는 것은 생각도 하지 못할 것이다. 그녀 자신도 자신이 왜 이런 돌발적인 행동을 하고 있는지 몰랐다.

그녀는 급히 발걸음을 돌려 에스컬레이터 쪽으로 뛰다시피 하며 걸었다. 에스컬레이터 앞에 도착한 그녀는 다시 서너 칸씩 계단을 건너뛰며 내려갔다. 수족관 앞에 서 있던 이상한 남자가 쫓아올 것 같은 불안감이 그녀를 몹시 허둥거리게 만들었다. 그녀는 에스컬레이터를 다 내려와서야 뒤를 돌아보았다. 다행이 에스컬레이터에는 아무도 없었다. 일 층까지 내려와서 그녀는 안도의 한숨을 내쉬며 바깥으로 향하는 문 쪽으로 재빨리 걸어갔다. 빨리 집으로 돌아가야만 되었다. 아무 생각 없이 이렇게 늦은 시간에 나오는 것이 아니었다. 그것은 정말 몇 년 만의 외출인 셈이었다. 그녀는 그가 이 세상에서 사라지고 나서 해가 진 이후로는 절대 집 밖으로 나오지 않았다. 그저 자신의 집, 자기의 방에서 머물렀다. 그러다가 오늘 갑자기 이렇게 나온 것이다. 가끔 금붕어를 보러 마트에 나오긴 했었지만 모두 해가 지기 전의 시간에 있었던 일이었다. 그녀에게 세상은 너무도 드넓게 느껴졌다. 더구나 오늘 같은 날의 세상은 너무도 거칠고 무섭게 느껴졌다. 그녀는 옷깃을 여미고 칼라를 세워 목을 가린 후 1층 출입구 앞에 이르렀다. 밖으로 나 있는 문을 열기 전 그녀는 힐끗 뒤를 돌아보았다.

그녀는 하마터면 '악' 소리를 지를 뻔하였다. 저만치 에스컬레이터가 멈추는 지점에서 검은색 바바리코트를 입은 남자의 모습이 보이는 것이었다. 남자의 열려진 코트 앞 섶 사이로 붉은색 티셔츠와 검은색 바지가 황량하게 드러나 보였다. 그녀는 놀라움에 그런 색깔들이 마치 썩어가는 금붕어의 내장인 것 같다는 생각이 들었다. 그 순간 그녀에게 왜 그런 생각이 떠올랐는지.

금붕어를 죽인 장본인은 그 남자일지도 모른다는 생각.

그녀는 자신도 이해할 수 없는 엉뚱한 확신에 차서 몸을 부르르 떨며 주먹을 꼭 쥐었다. 그리고 금붕어의 죽음에 자신이 왜 이렇게 분노하고 있는지도 잘 알 수 없었다. 논리적으로 바바리코트를 입은 남자가 금붕어를 죽일 수는 없었다. 금붕어는 그냥 어떤 이유인가로 썩어 죽었을 것이고 관리하던 아주머니가 죽은 고기를 건져냈을 것이었다.

그녀가 바라보고 있는 것을 알고 있는지 모르는지 바바리코트의 남자는 성큼성큼 그녀에게로 다가오고 있었다. 그녀는 돌아서서 출입문을 열고 밖을 향하여 뛰기 시작했다. 차들이 왕래하는 4차선 도로에 있는 횡단보도 앞에 이르러 그녀가 다시 뒤를 돌아보자 막 출입문을 밀치고 나오는 바바리코트가 보였다. 어디선가 불어온 바람에 코트의 자락이 휙 말려 올라갔다가 다시 서서히 내려오고 있었다.

'이대로 가다가는 집에 도착하기도 전에, 인적 드문 골목길에서 잡히고 말 거야, 안되겠다. 충무로에 가야겠어. 그에게 전화를 해야…….'

그녀는 횡단보도를 내려서며 택시를 잡기 위해 양손을 흔들었다. 한

참 만에 택시 한 대가 그녀의 앞에 와서 멎었다. 그 시간이 마치 수백 년이나 흐른 것처럼 느껴졌다. 그녀는 택시에 오른 후 얼른 문을 닫고 "충무로"라고 크게 외치고는 좌석 안으로 몸을 밀어 넣다시피 하여 밖에서 보이지 않도록 최대한 몸을 구부려 앉았다. 그리고 얼른 시선을 창 쪽으로 가져가 바바리코트의 남자가 있을 만한 마트의 출입문 쪽을 바라다보았다.

바바리코트가 그녀가 탄 택시를 향해 뛰어오기 시작했다. 그녀는 운전기사에게 다급하게 다시 외쳤다. "충정로로 빨리 가요!" 그녀의 급함과 상관없다는 듯 택시 기사는 움직일 생각을 하지 않았다. "아저씨! 빨리 가자니까요!" 그제야 택시 기사는 매우 느린 속도로 그녀를 돌아보며 입을 떼었다. "아니, 대체 충무로요? 충정로요? 어디로 가자는 말이요? 헷갈리게 하지 말고 한 가지만 말해요!" 택시 기사는 버럭 화를 내었다. 그녀는 너무 급한 나머지 충무로를 충정로라고 해버린 것도 모르고 있었다. "충무로라구요!" 그녀는 신경질적으로 꽥 소리를 질렀고 기사가 급가속 패달을 밟으며 출발했다. 그녀는 두근거리는 가슴을 손으로 누르며 택시 뒤창을 통하여 밖을 내다보았다. 저만큼 횡단보도 앞에서 검은 바바리코트를 입은 남자가 황당하다는 듯 손짓을 하며 그녀 쪽을 바라보고 있었다.

택시는 몹시 급하게 달려 충무로에 도착하였다. "여기가 충무론데, 어디다 내려드려요?" 택시 기사가 화가 난 목소리로 그녀에게 물었다. "잠깐만요, 전화가……." "바쁘니까 일단 내리세요. 여기 전부 다가 충무로니까." 그녀는 머뭇거리며 다시 그의 전화번호가 찍혀 있는 핸드폰의 통화 버튼을 눌렀다. "아, 내리셔서 전화하셔도 되잖아요. 그런데 이 아가씨가? 빨리 요금이나 내쇼!" 갑자기 택시 기사의 목소리에 분노의 감정이 실렸다. 그사이 전화기 저쪽에서 전화를 받는 소리가 딸깍하고 들려왔다. 그녀는 엄청난 위기 상황에서 구원을 받은 사람처럼 가슴이 떨리고 목이 탁 메어 와 자신도 모르게 눈물이 섞인 목소리가 되어 떠듬거렸다. "여기, 충무론데요……." "네? 누구시죠? 어디다 전화를 거셨어요?" 전화기 저쪽에서 무덤덤한 목소리가 들려왔다. "저, 김희수씨 핸드폰 맞지요?" "네, 맞는데요. 누구신가요?"

"아니, 이 아줌마가 정말? 전화를 하던 말던 빨리 내리라니까!"

다시 택시 기사가 그녀를 째려보며 거친 말투로 말했다. 그녀는 놀라서 한쪽 손에 들고 있던 돈을 내밀며 황급히 도로로 내려섰다. 택시는 성을 내며 휭하니 도로 저쪽으로 멀어져갔다.

"여보세요? 충무로에 차 마시러 오라고 해서요. 지금 여기가……."

갑자기 길가에 버려진 아이처럼 그녀는 잠시 휘청거리다가 전화기를 향하여 말했다.

"아, 난 또 누구시라고? 이제야 좀 생각이 날 듯 하네요. 여름에 뵈었던 분이셨구나! 성함이……?"

"아, 기억하시네요. 안녕하셨어요? 저는 이……."

그녀의 목소리가 공중으로 떠오른 풍선처럼 황황히 밝아졌다.

"아, 이제 생각이 났네요. 박선……. 그 다음이 잘 생각 안 나네요. 뭐였지? 하하하, 죄송, 그런데 어쩐 일이세요? 이 밤에 전화를 다 하시고?"

그녀는 갑자기 기운이 쭉 빠지면서 무슨 말을 해야 할지 머릿속이 까맣게 변하는 것 같았다. 그러고 보니 정말 사방은 어두운 밤이었다.

"전 오늘 지방에 출장 왔다가 친구랑 한 잔 하느라고……. 아 이제야 이름이 생각났네요. 박선희, 박선희씨 맞죠? 여름에 그 절 아래쪽에 있던 시냇가에서 뵈었던 분."

핸드폰을 쥐고 있던 그녀의 팔에 갑자기 기운이 쭉 빠졌다. 그녀는 멀거니 서서 허공을 바라보았다. 무슨 말을 해야 할지 정신이 아득해졌다.

"아, 그게 아니고요……. 김희수님 핸드폰 아닌가요?"

"네, 맞는데요. 제가 김희수인데요."

그녀는 점점 더 할 말이 궁색해졌다. 자신의 감정과는 아주 먼 저쪽에 그가 있었다. '문자 메시지를 날린 것은 불과 몇 시간 전이었는데' 그녀는 잠시 허공을 쳐다보며 혼자 속으로 생각하였다.

"네, 잘 지내시나하고……."

그녀는 그가 알고 있는 자신의 이름조차 수정하지 못한 채, 아니 그가 알고 있는 또 다른 사람이 된 채 이야기를 이어나가고 있었다.

"네, 잘 지내지요. 언제 충무로에 한 번 나오세요. 차 사드릴게요."

그는 몹시도 쾌활한 목소리로 말을 이어나갔다. 그녀의 심각한 기분 때문에 그 목소리는 말이 많고 허세에 가득 찬, 그런 사람의 소리로 느껴졌다.

"잠깐, 급한 전화가 와서요……."

"저, 잠깐만요. 할 말이 좀 있어서……."

그녀가 채 말을 맺기도 전에 전화기 저쪽에서 '딸깍'하며 전화를 끊는 소리가 들려왔다.

"저, 잠깐만, 잠깐만요……."

그러나 전화는 이미 끊긴 상태였다. 그녀의 마음속에서 미처 표현되지 못한 감정들이 아우성치며 목구멍을 뚫고 올라오고 있었다. 멀리 밤하늘 어디에선가 한 줄기 바람이 불어와 그녀의 긴 머리를 휘감고 오르다 어두운 허공 속으로 사라져갔다.

겨울 저녁, 7시

창밖은 어두워진지 이미 오래되었다. 그녀는 서둘러 먹는 일을 끝냈다. 혼자 밥을 먹는 시간은 10분 정도면 충분했다. 그녀는 앞치마를 걸친 후 설거지통 앞으로 다가가 붉은 고무장갑을 끼었다. 예정된 시간대로라면 남자가 오기까지는 아직 30분 이상의 여유가 있었다. 누군가를 기다린다는 것은 늘 초조감을 동반했다. 1분에 서너 번은 시계를 들여다보았고 시원한 결과도 얻지 못한 채 화장실을 들락거려야만 했다. 적절한 이유를 대어서 약속을 미룰까도 생각해 보았지만 이틀 전 약속을 모른 척 했었기 때문에 마땅치가 않았다.

이틀 전 그 날, 날씨는 갑자기 영하 10도로 곤두박질쳤고 바람까지 심하게 불었다. 시린 바람을 뒤로 하고 아파트 현관문을 열고 들어선 그녀는 보일러의 온도를 올린 후 침대 속으로 재빨리 몸을 집어넣었다. 하루 종일 얼어붙었던 몸이 조금 녹는 듯 했다. 벌써 베란다 쪽이 어둑어둑해지고 있었다. 그녀는 그제야 오후의 문자 내용을 떠올렸다. 오늘 오후 5시 코디 방문 예정. 낮에 그런 문자를 받았을 땐 그냥 점검을 받아야겠다고 생각했었다. 특별한 일없이 무사히 그 날 하루가 흘러갈 것이라고 생각했기 때문이었다.

P하고의 관계가 문제였다. 요즘 들어 커피 타임 때 P는 어떤 여자 이야기를 자주 꺼냈다. 그날 아침도 P는 침을 튀기며 그 여자 이야기에 열을 올렸다. 그 여자는 자신을 화려한 싱글로 말하고 있지만 자신이 볼 때는 어떤 놈의 세컨드로 지내는 것 같다는 내용이었다. P는 이야기를 하면서 힐끔 힐끔 그녀를 바라보더니, 갑자기 말을 끊고는 그녀에게 자신의 말에 대한 동의를 구했다. 그녀는 갑자기 내부에서 무언가가 끓어오르는 것을 느꼈고, 자리에서 후닥닥 일어섰다. 커피를 마시고 있던 모든 직원들의 시선이 따갑게 그녀에게로 향했다.

그녀는 꽤 오랫동안 P와 사귀었던 관계였다. 그러나 일 년 전쯤 P는 선을 본 여자와 갑자기 결혼해버렸다. 그와 더불어 P와의 관계도 과거의 영역으로 넘어갔다. 결혼 후 얼마 지나지 않아 P는 그녀가 속해있던 부서로 옮기면서 그녀의 직속상사가 되었다. 주변에선 초고속 승진이라는 말이 한동안 이어졌다. 그녀는 P와의 관계가 가끔씩 불편한 것도 같았지만 과거의 일이었으므로 그럴만한 하등의 이유가 없다고 생각했다. 그녀는 P가 자기 마누라에 대해 하는 이야기에도 자연스럽게 직원들과 함께 웃어줄 수 있었다. 그러나 요즘 들어 P와의 관계가 조금 불편해졌으므로 혹시 P가 자신에게 이성으로의 감정을 아직도 가지고 있나 짚어보았다. 가끔씩 마주치는 그의 시선은 그렇다고 긍정하는 것 같기도 했다.

침대 옆에 놓인 탁상시계가 다섯 시를 가리켰을 때 현관으로 연결된 전화벨이 까무러치듯 울렸다. 벨은 한참 동안 울리다가 간신히 끊어졌다. 곧이어 가방 속에 들어있던 핸드폰이 울어대기 시작했다. 그녀는 핸드폰 윗면을 밀어 올리며 "누구세요?"라고 말했다. 전화를 건 사람은 오늘 방문하기로 했던 코디였다. "여기, 출입군데요. 전화를 안 받으시길래요. 지금 점검하러 나왔습니다." "오늘 오시기로 되어있던 날인가요? 전 연락이 없어서 오늘 안 오시는 줄 알고 있었는데요. 어쩌지요. 지금 집이 아니고 밖에 있거든요." "오늘 오후에 문자 드렸었는데요?" "그래요? 전 못 받는데요." 그녀는 그 남자가 마치 앞에 서 있기라도 한 것처럼 놀란 표정을 지으며 말했다. "그럼 다음에 다시 연락드리고 방문하겠습니다." "그러세요. 꼭 방문하시는 당일에 연락주시고 오세요." 그녀는 자신의 거짓말이 드러날까 두려워 오히려 당당한 목소리로 크게 말하며 전화를 끊었다.

그리고 그녀는 다시 오늘 오전에 문자 메시지를 받았다. "코디 오후 7

시 방문예정" 그 문자를 보는 순간 그녀는 뭔가 이상할 것 같다고 생각 했지만 바빠서 답장을 보내지도 못한 채 퇴근 시간이 되었고 연락하기엔 너무 늦어버렸던 것이었다. 어쩔 수 없었다. 오늘은 그냥 방문을 허락해야했다. 그녀는 숨을 깊이 들이마셨다가 크게 내쉬었다.

남자가 처음 방문한 것은 두 달 전의 일이었다. 이제까지 모든 코디들은 여자였으므로 그녀는 별생각이 없었다. 그날도 벨소리에 현관문을 열고서야, 그 앞에 서 있는 낯선 남자를 보고서야 뭔가 불편한 상황이 펼쳐질 것이란 생각에 머리칼이 곤두서는 듯했다. 그녀는 스스로가 과민하게 반응한다고 생각을 했지만 그렇다고 불편하고 불안한 감정이 진정되는 것은 아니었다. 남자는 쭈뼛거리며 현관문 안으로 들어섰다.

그녀는 하릴없이 TV에 눈길을 주다가 채널을 이리저리 돌렸고 핸드폰을 열고 전화번호를 뒤져 눌렀다. 가끔씩 연락을 하고 지내던 대학동창은 반갑게 전화를 받았다. 남자는 그녀가 불편하고 불안해한다는 걸 감지했는지 정수기 뚜껑을 열고 일을 하다가 자신도 어딘가로 전화를 걸더니 이런저런 이야기를 하며 통화를 했다. 그녀는 전화를 하면서 남자를 곁눈질해 보다가, 남자의 통화내용에 귀를 기울이기도하고, 베란다 밖으로 시선을 주기도 하면서 자신이 생각해도 우스울 정도로 불안해하고 있었다. 그녀는 다시 대학원 관계로 알던 사람한테 전화를 걸어 집이 떠나갈 듯 큰소리로 통화를 했다. 전화에 몰두하자 남자의 존재를 까맣게 잊어버렸고 일을 끝낸 남자가 전자서명을 요구하는 작은 기계를 내밀어서야 그녀는 정신을 차리며 남자를 바라보았다. 남자의 옆머리 밑으로 땀이 흘러내리는 게 보였다. 땀을 흘릴 정도의 노동은 아니었는데 남자도 긴장한 모양이었다. 남자는 곱상하게 생긴 편이었다.

두 달 전쯤의 만남은 그렇게 정신없이 지나가서 그녀는 그 남자에 대하여 아무런 생각도 가질 수 없었다. 그런데 남자가 오늘 다시 방문한다고 하는 것이었다. 저녁 7시 방문이라는 메시지를 받았을 때 그녀는 두 가지 생각을 동시에 했다. 한 가지는 저녁이라는 외롭고 허전한 시간에 누군가가 자신의 집을 방문한다는 것이 반가웠다. 그러나 그것이 남자라는 사실에 뭔가 좀 느낌이 이상했다. 그것도 낯선 남자와 그 시간에 같이 있어야하다니!

그녀는 설거지를 끝내고 붉은 고무장갑을 벗어 수도꼭지 위에 걸었다. 오늘따라 고무장갑이 붉은색이라는 것이 마음에 걸렸다. 그것은 그녀 혼자 있을 때면 의식하지도 못하던 사실이었다. 그녀는 붉은색에서 눈길을 떼지 못한 채 아무렇게나 걸쳐 입었던 옷을 벗어 책상 위에 던져놓고 옷걸이에서 외출할 때 입는 옷을 집어 들어 민첩하게 다리에 꿰고는 잡아당겼다. 남자에게 틈을 보여서는 안 된다. 만사를 제치고 갈 만한 데도 없었고 고작해야 운동을 하러 가는 것이었지만 그녀는 급한 일 때문에 지금 곧 출발해야 되는 사람처럼 윗옷을 걸친 후 다시 시계를 보았다. 약속 시간 5분전. 남자는 어쩌면 예정보다 일찍 들이닥칠지도 모른다. 그녀는 소파 위에 아무렇게나 던져두었던 핸드폰을 집어 들고 남자의 전화번호를 찾아 눌렀다. 남자가 어디쯤 와 있는지 확인하는 것이 덜 불편하다.

"네, 앞집에서 조금 늦어져서요. 한 10분 정도 늦을 것 같네요."

그녀는 숨을 들이마셨다가 깊이 내쉰다. 조금의 시간을 확보했다. 그녀는 정수기의 밸브를 잠그고 통에 들어있던 물을 물통과 주전자에 옮겨 담는다. 급하게 하느라 바닥에 주르륵 물이 흐른다. 다시 숨이 막히는 것 같다. 그녀는 다시 빠른 걸음으로 TV 앞으로 다가가 버튼을 누른다. '위기탈출 넘버원', '시사2580-20대의 취업난, 그들이 움직이고 있다', '우리말 퀴즈 대회'. 그중에서 그녀는 '시사2580'에 채널을 고정시킨다. 불과 몇 년 전까지만 해도 그녀 자신도 해당이 되는 이야기였다. 아까부터 흘러나오던 오디오의 음악을 끈다. 이번엔 운동 가방을 들여다보고 확인한다. 특별히 가져갈 만한 것은 없다. 옷장 속 옷걸이에서 검은 코트를 꺼내 와서 소파 위에 올려놓는다. 침실로 사용하는 방의 문을 꼭 닫는다. 남자가 들어서는 순간 코트를 입고 자신이 얼마나 급한 일에 쫓기는 사람인가를 보여주어야 한다.

현관으로 연결된 전화벨이 따르릉 운다. 그녀는 화들짝 놀라며 전화기를 들고 목소리를 확인한다. 남자다. 개폐 버튼을 누르자 철컥거리며 현관문이 열리는 소리가 들린다. 남자가 엘리베이터를 타고 그녀가 살고 있는 9층까지 올라오려면 아직 몇 분간의 여유는 있다. 그녀는 다시 방금 물속에서 나온 듯 밭은 숨을 내뱉는다. 그녀의 머릿속으로 급하게 어떤 시나리오가 떠오른다. 남자가 도착한 후 그녀가 할 행동들이다.

그녀가 열 번 정도 머릿속으로 시나리오를 재현했을 때 밖에서 인기척 소리가 들린다. 그녀는 얼른 출입문으로 발을 내디뎌 신발을 꿰어 신고 잠금장치를 풀고 현관 손잡이를 돌린다. 그녀가 문을 열자 남자가 바로 코앞에 서 있다. 남자는 직장에서 돌아온 남편처럼 검은 코트와 가방을 들고 서서 뭔가 개운하지 않은 표정을 띠며 집안을 들여다보고 있다.

"어서 들어오세요."

그녀는 태연한 척 딱딱함을 가장해 말한다. 가슴 속은 이상한 긴장감으로 요동을 친다. 그녀는 남자의 눈길을 피해 재빨리 시선을 켜놓았던 TV쪽으로 향한다. 옆 눈으로 보이는 남자는 뭔가 쭈뼛거리고 서 있다. 남자에게 뭔가 안내하는 말을 해야 할 것 같았지만, 이상하게도 TV에서 눈길을 뗄 수가 없다. 눈을 들어 남자의 눈과 마주치는 순간 자신의 불안해하는 속마음을 들킬 것만 같다. 어찌되었든 먼저 자신의 마음을 드러내 보여서는 안 된다. 그녀는 무의식중에 중얼거린다. 취업난에 대해 이야기를 하고 있는 아나운서의 말이 너무 느리다. 그녀는 급하게 채널을 돌린다. 채널이 돌아가는 시간이 몇 시간은 걸리는 것 같다. 좀 더 부산하고 빠르고 급하고 떠들썩한 프로그램을 찾아내야 한다. 그녀의 생각과 달리 돌아간 채널에서는 여전히 느릿하고 천천히 진행되는 스토리를 가진 일일 연속극을 하고 있다. 그녀는 스스로 남자에게 허점을 보였다고 생각한다. 이럴 때 TV 프로그램을 잘 알고 있었다면 훨씬 민첩하게 상황에 대처할 수 있었을 텐데. 그녀는 자신도 모르게 드러난 약점을 감추듯 황급하게 다시 채널을 바꾸는 버튼을 누른다. 이번엔 향토 고향 음식을 소개하는 떠들썩한 프로그램이다. 즐겁고 신나는 배경음악이 깔리고 있다. 그녀는 비로소 안도의 숨을 내쉬고 옆 눈으로 남자의 모습을 살핀다. 남자와 그녀와의 거리는 불과 1미터 정도. 남자는 정수기 필터를 교환하고 있다. 고개를 숙인 남자의 옆얼굴이 붉게 물들어 있다. 문득 몇 년 전 어떤 날의 장면이 떠오른다.

그 날은 이사를 온지 얼마 되지 않은 날이었다. 하수도가 막히더니 변기까지 고장이 나버렸다. 재건축을 앞둔 낡은 임대 아파트라 예상은 했었지만, 흘러내리는 물이 멈추지를 않아 뚜껑을 열어보니 버튼에 연결된 쇠줄이 끊어져 있었다. 화장실 바닥에 차 있던 물은 고무압착기를 이용해 처리를 했지만 변기는 그대로 두면 밤새도록 물이 샐 것이었다. 해가 짧아지는 계절이라 여섯 시가 조금 넘었는데도 벌써 어둠이 내려앉고 있었다. 낮부터 불던 바람이 초저녁에 접어들어 점점 심해지고 있었다. 그녀는 이사 왔을 때 받았던 광고 책자들을 뒤져 전화를 했으나 금방 올 수 있다는 곳이 없었다. 할 수 없이 겉옷을 걸치고 집을 나섰다. 아파트 입구에 위치한 상가 쪽에 가면 수리하는 집을 찾을 수 있을 것이었다. 그러나 저녁 시간이라 그런지 수리하는 집에는 사람이 없었다. 그녀는 다시 주택가 쪽으로 발길을 옮기다가 인테리어 가게를 발견했다. 그녀는 무작정 가게 문을 열고 들어갔다. 가게 안 한쪽에 몇 가지 변기 모델이 놓여 있었다. 더 안쪽으로 놓인 책상엔 쟁반 위에 금방 누군가가 마시다가 잠깐 자리를 비운 것 같은 찻잔들이 놓여 있었다. 그녀는 이리저리 가게를 둘러보다가 벽에 걸린 메모판에 붙어있는, 주인인 것 같은 사람의 핸드폰 번호를 발견하였다. 주변에 다른 인테리어 가게는 보이지 않는 것 같아서 그녀는 전화를 하기 위해 손을 호주머니 쪽으로 가져갔다. 바로 그때 가게 문이 열리며 한 남자가 들어섰다. 남자는 30살이 조금 넘어 보였는데, 그런 직업에 종사하는 사람치고는 세련된 지적 이미지를 풍기는, 얼굴색이 매우 희고 멋을 부린 듯 곱슬곱슬한 머리카락을 앞이마에 늘어뜨리고 있었다. 그녀는 거칠지 않은 외모에 일단 안도의 숨을 내쉬었다.

　대충의 견적을 뽑은 후 남자는 지금 좀 가보자며 자리에서 일어섰다. 그녀는 잠깐 망설였으나 곧이어 자리에서 일어섰다. 어차피 그냥 둘 수 있는 상황은 아니었다. 아파트 현관문을 열고 들어서자 남자는 매우 익숙한 몸짓으로 화장실 문을 열었다.

"전에 이 아파트에 살아서 구조를 알고 있거든요."

의아해하는 그녀의 마음을 안심시키듯 남자가 화장실 안을 둘러보면서 큰 소리로 말했다.

"여기 이 하수도는 기계로 뚫으면 되고, 변기는 교체하면 며칠은 사용하지 못해요. 너무 걱정하지 마세요. 별것 아니니까."

남자는 그녀의 불안한 속마음을 들여다보기라도 한 듯 위로의 말을 했다.

"하수도는 언제 뚫어주실 수 있나요? 잠깐이라도 물을 쓸 수가 없어서……"

"지금 인부들이 다른 곳에 나가 있어서요. 조금 있다가 돌아오면 바로 보내드리도록 할게요."

남자는 오른손으로 왼쪽 가운데 손가락에 끼고 있던 반지를 만지작거리면서 그녀의 눈을 빠끔히 쳐다보더니 한마디 덧붙였다.

"혼자 사시는가 보죠? 워낙 낡은 아파트라 다 바꿔야 되는데."

"전세로 얻으면서 변기가 낡아서 걱정했더니 드디어 고장이 났네요. 주인은 자긴 모르니 쓰는 사람이 고쳐 쓰라하고……"

그녀는 하지 않아도 되는 말을 해놓고 당황한 기색을 감추느라 얼른 시선을 변기에 주며 머뭇거렸다.

"사람 바로 보낼게요."

남자가 현관 입구에 벗어놓았던 신발을 신으면서 말했다.

남자가 떠난 후 30분 정도 지나서 인부가 들이닥쳤다. 독한 소주 냄새가 훅 끼쳤다. 그는 신발도 벗지 않은 채 연장통을 들고 화장실 안으로 펄쩍 뛰듯 들어갔다. 그녀는 깜짝 놀라 눈으로 그 남자를 쫓아 들어갔다. 남자는 계면쩍었는지 시커먼 손가락을 들어 머릿속을 긁적거리며 말했다.

"걱정 마슈. 바닥은 안 밟았으니. 전선 연결할 코드 좀 이리 가져와 봐요."

남자는 자신이 너무 무례하다고 생각했는지 말을 올리면서 급하다는 표정을 지었다. 그녀는 황급히 전원에 연결된 콘센트를 가져다가 그 남자에게 내밀었다. 그는 머릿속을 긁던 손가락을 내밀어 그것을 받더니 가지고 온 연장에 달린 전선줄을 풀어 연결했다. 화장실 안에서 뭔가가 펑펑 터지는 소리가 연이어 들리더니 남자가 다시 고개를 내밀었다. 잠시 후에 화장실에서 나온 남자는 집안을 한 번 휘익 둘러보더니 말했다.

"중간이 좀 막혔었네. 이제 괜찮을 거고 내일 아침 9시에 오겠소."

남자는 어쩐 일인지 그녀에게 몹시 친근한 사람을 대하는 태도였다. 그녀는 얼른 뒤로 한걸음 물러서며 말했다.

"시간은 얼마나 걸릴까요? 좀 바쁜 일이 있어서요."

"두 시간에서 세 시간 정도 걸립니다."

남자가 흠칫거리며 다시 말을 올렸다.

"시간 잘 맞춰서 오세요. 빨리 끝내고 나가 봐야 되거든요."

다음 날 아침 남자는 아홉 시 반이 넘어서야 나타나더니 역시 신발도 벗지 않은 채 화장실 안으로 풀쩍 뛰어 들어갔다. 그녀는 화장실 앞을 왔다 갔다 하다가 현관 밖으로 나가 아파트 주차장 쪽을 내려다보니 남자가 타고 온 것 같은 작은 1.5톤 트럭이 보였다. 갑자기 화장실 안에서 남자가 소리를 질렀다.

"여기 코드 좀 가지고 와 봐요."

고개를 내민 남자는 무척 섬약해 보였다. 진한 눈썹 밑에서 얇게 쌍꺼풀이 진 검은 눈이 떨리는 듯했다. 덩치도 호리호리한 편이었다. 연장을 든 남자의 손가락이 가늘고 희었다. 서른이나 되었을까? 이런 일을 시작한 지 얼마 되지 않았거나 아니면 급하게 일을 배운 후 임시로 시작한 사람처럼 보였다.

그녀는 지난밤에 보았던 남자가 맞는지 잠시 생각해보았다. 두려움 때문에 지난밤에 남자가 너무 커 보였는지도 모르겠다는 생각이 들었다. 자신이 남자를 두려워한 것처럼 남자 또한 자신을 두려워하는 것일까. 그녀는 조금 전에 분명 남자의 눈꺼풀이 떨리는 것을 보았다. 낡은 변기를 뜯어내고 있는지 드르륵거리는 소리가 들려왔다. 그녀는 천천히 TV쪽으로 다가가 전원을 눌렀다.

"이제 다 끝났습니다. 정리만 좀 하면 되네요."

연장통을 들고 화장실을 들락거리던 남자는 12시가 다 되어갈 무렵 다시 연장통을 들고 밖으로 나가면서 그녀에게 말했다. 화장실 안을 들여다보니 낡은 변기가 뜯겨나간 자리에 말끔한 변기가 놓여 있었다.

"사용은 세 시간 지나서부터 해야 됩니다."

어느 틈에 다시 나타난 남자가 그녀에게 영수증을 내밀었다. 세련된 지적 분위기를 지닌 주인이 써준 영수증일 터였다. 그녀는 남자에게 만 원짜리 지폐 서른 장을 내밀었다.

고개를 숙인 남자의 붉어진 관자놀이에 땀방울이 맺혀있는 것이 보인다. 이제 남자는 정수기 뚜껑을 닫고 있다. 그녀는 공기 청정기를 들어 그 남자 쪽으로 가져다가 전원에 플러그를 꽂는다. 낡고 좁은 집에 어울리지 않는 물건이란 생각을 다시 한다. 지난 여름부터 장마철에 벽에 생겨난 곰팡이 냄새가 너무 지독해서 사용해야만 했다. 남자가 갑자기 닫혀 있는 방문 쪽으로 몸을 돌려 문을 열려고 한다. 필터를 손에 들고 있다. 그녀는 비밀을 들킨 것처럼 화들짝 놀라 소리를 지른다.

"화장실은 저쪽이에요."

남자가 움찔하며 방향을 바꾸어 화장실 쪽으로 향한다. 그녀는 남자
가 마치 의도적으로 그런 것처럼 느낀다. 그곳은 그녀가 잠을 자는 방이
다. 속옷이며 여러 가지가 그대로 드러나 있다. 남자는 젊은 여자의 방을
훔쳐보고 싶은 마음이 들었는지도 몰랐다. 그녀는 갑자기 등 뒤쪽이 화
끈해지는 것을 느낀다. 하루 종일 그녀를 따라다니던 P의 눈길이 떠오른
다. 그녀는 소파에 놓아두었던 검은 코트를 들어 팔을 꿰면서 TV쪽으로
눈길을 돌리는 척하며 남자의 모습을 살핀다. 머리까지 올라온 후끈거
림으로 그녀의 관자놀이에서도 땀방울이 맺힌다. 그녀는 베란다 쪽으로
다가가 유리문을 조금 열어놓는다. 볼이 붉어진 것 같아 신경이 쓰이지
만 거울을 들여다보는 모습을 보이면 더 이상할 것 같아 그만둔다.

"어디 빨리 가셔야 되는가 보죠?"

필터를 씻고 거실로 나온 남자가 그녀의 검은 코트를 바라보다가 그녀
의 얼굴로 시선을 돌리며 말한다. 그녀는 얼떨결에 남자의 눈을 쳐다보
았다가 얼른 시선을 떨어뜨려 운동 가방에서 핸드폰을 찾는다.

"네, 약속이 있어 다른 날에 오시라고 전화를 하려다가……."

"네, 다른 집에서 좀 늦어져서요. 오늘 필터 교환하는 게 많네요."

남자가 미안하다는 표정을 지으며 변명하듯 말한다. 남자도 그녀의
시선을 빗겨 부지런히 청정기를 닦고 있다. 얼핏 본 남자는 P와 닮은 것
같아 보인다. 그는 나이를 가늠하기 쉽지 않다. 30대 중반처럼 보이기도

하고 40이 훌쩍 넘은 것 같이도 보인다. 하긴 그녀는 사람의 나이를 잘 가늠하지 못한다는 말을 듣는 편이다. 남자는 동안이다. 그녀는 뭔지 모를 안도의 숨을 내쉰다.

P와 처음 만났던 날이 불쑥 떠오른다. 그때 그녀는 현재 다니고 있는 회사에 입사원서를 내고 면접시험을 보고 나오던 중이었다. 몇 군데 입사서류를 넣었지만 번번이 떨어졌고 면접시험만 그날이 열 번째였다. 밖으로 통하는 회전문 앞에 키가 훤칠한 어떤 남자가 검은 서류 가방을 들고 서 있었다. 그녀가 원통의 4분의 1에 해당되는 공간 속으로 막 들어서려는 순간 남자가 먼저 그 공간 속으로 뛰어들었다. 그녀는 얼떨결에 낯선 남자와 회전문이 돌아가는 속도 속에 갇히고 말았다. 회전문은 곧 바깥 공간에 도달했고 그녀는 얼른 계단 쪽으로 발길을 옮겼다. 아주 짧은 순간이었지만 그녀는 마치 그 남자의 연인이었던 것 같은 느낌으로 잠시 어지러움을 느꼈다.

"잠깐만요. 오늘 이 회사 면접시험 보셨나 봐요?"

계단을 다 내려가서 전철역 쪽으로 몸을 돌리려는데 남자의 목소리가 들렸다.

"네, 이 건물에 있는 회사에 근무하세요?"

조금 전의 친밀감 때문에 그녀는 자신도 모르게 다정한 어투가 되어 있었다. 차나 한잔하자는 그를 따라 그녀는 근처의 찻집으로 갔고, 밥을 먹자는 그의 말에 따라 같이 저녁을 먹었고, 허전하니 마지막으로 맥주나 한잔하자는 말에 그녀는 다시 호프집으로 따라갔다. 알고 보니 그는 그녀와 같은 대학의 다른 과를 졸업한 선배였다. 이런저런 서클의 관계를 따져보니 주변의 인간관계를 뒤지면 충분히 알만한 사람이었다. 그래서였을까? 선배라는 사실에 그녀는 하루 종일 면접시험 보느라 긴장했었던 몸이 풀어졌고 평소의 주량을 넘기고 말았다. 이번만은 꼭 취직이 되어야한다는 긴장감이 풀리면서 벌어진 일이기도 했다. 며칠 전에도 병원비가 모자란다는 어머니의 전화를 받았다. 그녀의 아버지가 뺑소니 사고로 쓰러져 식물인간이 된 지 일 년이 지나 있었다.

아침에 눈을 뜨니 그의 오피스텔이었다. 술은 취했었지만 별일이 있었던 것은 아닌 것 같았다. 호두식빵에 블루베리 잼을 발라 그녀에게 건네며, 그는 가만히 생각해보니 대학 다닐 때 교정에서 그녀를 가끔 보았던 것 같다고 말했다. 전날 회사 건물의 유리 회전문 앞에 서 있었던 것도 어디선가 본 듯한 모습 때문이었다고 말했다. 그의 오피스텔은 그녀가 거주하고 있던 지하 단칸방에 비해 매우 넓고 고급스러운 물건들로 가득했다.

그렇게 알게 된 그와 4년 가까운 세월 동안 회사 사람들의 눈을 피해 사귀었다. 회사 일이 없을 때면 그의 오피스텔에서 거의 시간을 보냈지만 친한 사람들조차도 그들의 관계를 알지 못했다. 그는 하루도 빠짐없이 그녀에게 사랑을 고백했지만 그가 다른 여자와 있어도 이상하게 질투의 감정은 일어나지 않았다. 그녀의 냉정함에도 그의 열정은 결코 식을 것 같지 않았다. 하지만 어느 날 그는 갑자기 그녀를 떠났다. 얼마 전선을 본 여자와 결혼하게 되었다는 말을 남기고였다. 그날은 공교롭게도 만남 4년째 되던 날이었다. 그는 이벤트를 워낙 좋아했고 해마다 기념일을 요란하게 챙겼으므로 그녀는 그날도 그러리라 기대하고 있었다.

그가 떠난 것은 충격적인 일이었다. 그러나 어쩐 일인지 충격으로 느껴지지 않았다. 그는 변함없이 회사에 출근했고 그녀 또한 회사에 여전히 출근했으며 그와 그녀는 여전히 식당에서 같은 테이블이나 옆 테이블에 앉아 서로 눈길을 보내며 같이 점심을 먹었고, 자판기에서 커피를 뽑아 주변을 서성거리며 함께 마셨으며, 퇴근할 때면 시간을 맞추어 유리 회전문의 4분의 1이 되는 공간에 함께 들어가서 세상 밖으로 나오는 사실에 아무런 변화가 없었기 때문이었다. 신혼여행을 다녀온 P가 직원들에게 자신의 결혼사진을 보여주는 것을 보고서야 그녀는 그가 자신에게서 떠났다는 사실을 느꼈다.

남자가 청정기 커버를 씌우고 가지고 온 헝겊으로 표면을 닦고 있다. 남자의 손등에 굵은 힘줄이 불끈 솟아있다. P의 손도 저렇게 힘줄이 솟아 나와 있었다. 그녀는 마치 그 남자가 P처럼 느껴졌다. 그러고 보니 그 남자의 적당히 살이 오른 체격과, 키와 몸에 비해 작은 편인 얼굴 모습도 닮아 있었다.

'한 번만 안아주면 안 될까?' P가 떠난 후 밤마다 혼자 하던 말을 그녀는 무의식중에 중얼거려보았다. 그녀는 순간적으로 흠칫 놀라며 남자를 바라보았다. 남자는 여전히 고개를 숙이고 작업에 몰두해 있었다. 그녀는 싱크대 너머로 눈길을 주었다. 수도꼭지에 걸어두었던 붉은 장갑 한쪽이 미끄러져 바닥으로 흘러내리려 하고 있었다. 그녀는 문득 도마 뒤에 밀쳐두었던 부엌칼을 눈으로 찾았다. 칼은 보이지 않았다. 어쩌면 정수기를 청소하면서 남자가 어딘가로 위험스러워 보이던 칼을 감추어버렸는지도 몰랐다.

P가 떠난 후 그녀는 매일 토막을 내지 않은 생선을 샀고 붉은 장갑을 끼고 부엌칼로 배를 가르고 내장을 발라내는 일을 했다. P를 만나기 몇 년 전에도 그녀는 생선을 사와서 붉은 장갑을 끼고 배를 가르고 내장을 꺼낸 후 살과 뼈를 발라내던 적이 있었다.

고등학교를 졸업하고 처음 올라온 서울은 몹시 낯설었다. 그녀는 합격한 대학 근처에 자취방을 얻었다. 대학생활은 무척 힘들었다. 부족한 등록금 마련 때문이기도 했다. 아르바이트로 횟집에서 주방장을 보조하던 일을 한 적이 있었다. 살아서 펄떡이던 생선들은 날카로운 칼날에 온몸을 떨어댔다. 그럴 때마다 주방장의 입가에는 번득이는 미소가 떠올랐다. 그 미소는 무어라 표현하기 힘든 희열을 드러내고 있었다. 횟집 아르바이트를 그만두고도 여러 군데 일자리를 전전했다. 생각했던 것보다 돈 벌기는 힘들었고 몸은 피곤해서 성적도 떨어졌다. 시간이 부족해서 같은 과 동기들과의 우정도 잘 만들어갈 수 없었다. 하루는 일찍 집에 들어와 누워서 천정을 바라보고 있었는데 갑자기 주방장의 얼굴에 떠오르던 미소가 생각났다.

당장 시장에서 칼과 도마와 붉은 장갑을 샀고 생선을 사와서 주방장이 하던 대로 흉내를 내기 시작했다. 대부분 죽어 있는 생선들이었지만 하루 종일 학교 강의에 시달리고 동기들 사이에서 소외되던 스트레스가 풀렸다.

그날도 그녀는 생선을 사 들고 서둘러 집에 들어섰다. 강의가 없는 날이라 하루 종일 아르바이트를 해서 몸이 젖은 솜처럼 무거워져 있었다. 일이 고되었지만 일당이 높아서 선택한 주방 일이었다. 자취방은 방 하나에 작은 부엌이 딸려 있었는데 방 열 개 정도가 복도를 끼고 양쪽으로 늘어서 있는 형태였다. 그날은 여름이었다. 더워서 그녀는 부엌문을 잠그지 않고 생선들을 만지고 있었다. 보들보들한 살에 칼집을 넣을 때의 짜릿한 느낌에 그녀는 흠뻑 빠진 채 생선 손질하는 일에 온통 정신을 빼앗겼고 작업을 끝낸 후 벽에 기대앉아 있다가 그만 깜빡 잠이 들고 말았다.

누군가 자신의 얼굴을 만지는 느낌에 그녀는 깜짝 놀라 눈을 떴다. 어둠 속에서 큰 몸집의 사내가 자신을 쏘아보고 있었다. 창으로 흘러든 달빛에 그 남자의 옆얼굴이 희미하게 드러났다. 얼굴을 만지던 남자의 손이 서서히 어깨 쪽으로 내려가더니 그녀가 입고 있던 짧은 반 팔 블라우스의 앞 단추 쪽으로 향했다. 그녀는 순간적으로 몸을 뒤틀며 소리를 질렀다. 그러나 헝겊으로 틀어 막힌 입에서는 희미한 신음소리만 흘러나올 뿐이었다. 부엌 쪽에서 인기척이 들렸다. 남자에겐 일행이 있었다. 체구가 좀 작은 남자였다. 그들은 뭔가 수군거리며 말을 주고받았다. 그녀는 그 틈을 이용해 얼른 부엌 쪽으로 몸을 굴리며 뒤로 묶여있던 손목의 끈을 풀기 위해 온몸을 뒤틀었다. 끈은 생각보다 허술하게 묶여있었는지 몇 번의 몸부림에 풀렸다. 그러나 순식간에 다가온 남자가 그녀를 밀쳤고 그녀는 부엌 바닥으로 나뒹굴어졌으며 곧이어 남자가 그녀의 몸을 덮쳤다. 그녀는 온몸을 버둥거리며 손으로 부엌 바닥을 더듬었다. 한참을 더듬던 그녀의 손에 뭔가가 잡혔다. 칼이었다. 큰 칼을 살 때 함께 샀던 작은 과도였다. 남자의 숨결이 거칠어지고 있었다. 그녀는 손을 들어 그 남자의 등을 향해 힘껏 칼을 꽂았다. 거칠어지던 남자의 숨결이 일순간 멎었다.

"학생, 자는가? 문도 안 잠그고?"

주인 할머니의 목소리와 함께 부엌문이 벌컥 열렸다.

"도, 도둑이야! 저놈들 잡아라!"

그녀의 몸을 덮치고 있던 남자와 방에서 물건을 뒤지고 있던 남자가 총알처럼 밖으로 뛰쳐나갔다. 그녀는 부엌 바닥에 누운 채 오른손을 들어보았다. 칼끝에 피가 묻어있었다. 그녀의 머리 위로 붉은 고무장갑이 어지럽게 흩어져 있었다.

남자는 고개를 숙이고 여전히 작업에 몰두해 있다. 불빛에 남자의 옆모습이 고스란히 드러난다. 남자의 옆얼굴이 P와 비슷하게 느껴진다. P가 떠난 건 어쩌면 자신 때문이었는지도 모른다고 그녀는 생각해본다. P에 비해 그녀는 늘 수동적이었다. P가 일방적으로 그녀를 끌고 다녔고 그녀는 다만 소극적으로 쫓아다닐 뿐이었다. P가 뜨거워질수록 그녀는 차가워졌다. 뜨거워지던 P가 거칠어지면 그녀는 붉은 고무장갑이 떠올라서 견딜 수가 없었다. P와의 섹스가 끝난 후면 그녀는 개수대로 달려갔고 붉은 고무장갑을 끼었다.

"그 설거지를 꼭 지금 해야 되는 거야?"

영문을 알지 못하는 P는 침대에서 팔을 괴고 비스듬히 누워 그녀를 바라보며 불만 섞인 목소리로 말하곤 했다. P는 아마 그녀가 설거지를 한다고 생각했을 것이다.

이제 남자는 작업을 다 끝냈는지 전자계산기처럼 보이는 작은 기계에 무언가를 입력하고 있다. 그녀는 곧 그 남자를 따라나설 것처럼, 서둘러

코트의 단추를 채우고 챙겨두었던 가방 속의 운동복을 확인한다. 분명히 잊었다고 생각했었지만 자신은 P를 잊지 못하고 있었는지도 모른다는 생각이 불쑥 떠올랐다. P가 떠나던 날, 어쩌면 그를 따라 나섰어야 했었는지도 몰랐다. 갑자기 떠나버린 P의 행동을 이해할 수가 없었다. 아니 이해할 수 있을 것 같았다. P가 느꼈던 것은 끝없는 절망감이었을까? 다가갈수록 깊게 느껴지던 존재의 간격 앞에 그는 돌아서기로 결심했던 것일까? 그가 자신에게 원했던 것은 대체 무엇이었을까? 어쩌면 그가 원하던 것은 일상의 작은 행동들이지 않았을까? 그녀는 그가 원하는 것을 모두 다 해줄 수 있었다. 아침에 같은 침대에서 눈을 뜨고 같이 밥을 먹고 같이 출근하고 함께 점심을 먹고 4분의 1에 해당되는 유리 회전문 속으로 같이 들어갔다가 다시 세상으로 나오고 오랜 애무 끝에 절정에 이르는 섹스를 나누고 죽음 같은 잠에 빠져드는 그러한 일상을 그녀 또한 바랐었는지도 몰랐다.

"여기 서명 좀 부탁드릴게요. 죄송합니다. 시간이 너무 많이 걸렸네요."

8시가 넘어 있었다. 그녀는 문득 그 남자에게 맹목적인 친밀감을 느꼈다.

"정수기 물은 한번 빼고 드세요. 다음 방문은 언제로 해드릴까요?"

"그냥 두 달 후에 해주세요. 시간은 5시로 해주시고요."

그녀는 친밀감을 털어내듯 또박또박 끊어가며 말하면서 그 남자가 내

미는 작은 기계를 받아들고 서명했다.

"참, 아까 칼을 정수기 뒤쪽에다 치워두었었는데. 깜빡 잊을 뻔 했네요. 좀 날카로워 보여서요."

남자는 몸을 굽혀 정수기 뒤편에서 칼을 꺼내어 개수대 위에 올려놓았다. 형광등 불빛에 칼날이 잠시 번쩍였다. 그녀는 갑자기 목울대가 뜨거워지는 것을 느꼈다.

"크게 불편한 일은 없을 겁니다. 혹 이상이 있으면 바로 연락주시고요."

현관문을 나서면서 남자는 마치 오래전의 P처럼 다정한 어조로 말했다. 그래서 그녀는 그 남자가 정수기에 대하여 이야기하고 있는 것이 아니라 마치 그녀 자신에 대해서 말하는 것 같다고 느꼈다. 그녀는 갑작스럽게 깊은 외로움을 느꼈다.

현관문이 철컥 닫히는 소리가 들렸다. 그 소리와 함께 남자는 회색 철문 너머로 사라졌다. 현관 출입구 옆에 세워 둔 전신 거울 속에 여자가 우두커니 서 있었다. P가 떠난 지 이미 오래되었건만, 그녀는 그가 사주고 떠난 청정기와 정수기를 그대로 두고 있는 자신을 이해할 수 없었다. 문득 그것을 줄 때의 P가 하던 말이 떠올랐다. "난 말야, 다른 건 다 참아도 물하고 공기가 더러운 건 정말 견딜 수 없거든." 잠시 후 그녀는 어깨에 메었던 운동 가방을 내려놓고 검은 코트의 단추를 하나씩 풀기 시작했다. 그녀는 겉옷과 바지까지 벗고 침대 속으로 깊이 몸을 집어넣었다.

밤새 눈이 많이 내렸다. 기온이 뚝 떨어졌다. 모든 도로는 꽁꽁 얼어붙었을 것이다. 요즘 들어 P는 그녀의 출근 시간에 신경을 곤두세우고 있었다. 그의 눈길을 피하려면 서둘러 출근해야 했다. 그리고 그의 시선이 미치지 못하는 곳으로 숨어들어 바늘땀을 뜨는 듯 따가워진 그 눈초리의 의미를 빨리 알아내야만 한다. 금리 변동으로 갑자기 불어난 전세 대출금의 이자가 떠오른다. 몇 년이나 지나버린 지금, 그가 자신에게 원하는 것은 무엇일까? 아직도 자신이 싱글로 지내고 있는 것이 불만일까? 아니, 그는 아직 자신을 원하고 있는 것일까? 혹 갑자기 결혼해버린 부인과 사이가 안 좋아지기라도 한 것일까? 그 눈초리는 다시 자신과 사랑하고 싶다는 신호를 보내고 있는 것일까?

주차장으로 쓰이는 골목길은 온통 눈밭으로 변해 있었다. 모든 자동차들은 색깔과 형태를 잃어버리고 두리뭉실해진 모습으로 자신의 존재감을 드러내고 있었다. 그녀는 그중에서 골목 구석에 놓여있는 자신의 자동차 쪽으로 걸어갔다. 날렵한 안테나가 하얀 눈밭에서 새벽바람에 잔잔하게 흔들리고 있었다. 그녀는 가지고 온 빗자루로 자동차의 앞면과 옆면의 눈을 털어내고 천정의 눈까지 털어냈다. 그리고 발뒤꿈치를 올리고 서서 껍질이 벗겨지기 시작한 붉은색 중고 자동차의 정면 천정에 달린 안테나의 나사를 푼 후 그것을 눈에 띄지 않도록 트렁크 깊숙한 곳에 집어넣었다.

빈
의
자

베란다 창으로 오전 11시의 햇살이 환하게 비춰들었다. 하루 종일 음산하게 흐려있던 어제와는 전혀 다른 날씨였다. 그 때문인지 길고 지루했던 지난밤의 어수선한 꿈이 매우 오래전의 일로 느껴졌다.

나는 창 쪽으로 다가가 창 너머로 잠시 시선을 주었다. 안에서 바라보는 바깥쪽은 어쩐 일인지 적요감이 감돌았다. 나는 겹으로 되어 있는 창 하나를 열고 나서 다시 나머지 하나의 창을 열었다. 초겨울 오전의 싸늘한 바람이 밀려 들어왔다. 나는 잠시 동안 고개를 내밀고 창밖의 풍경을 바라보았다. 아파트 단지 경계선을 따라 심어진 살구나무에 남아있던 몇 개의 이파리 중 하나가 허공 속으로 팔랑거리며 떨어져 내리고 있었다. 그것은 아주 천천히 떨어져 내리고 있었다. 내 시선은 무의식중에 그것을 따라서 움직이고 있었다. 허공을 맴돌듯하며 천천히 움직이던 그것은 어느 사이 지면을 향해 급격하게 떨어져 내렸다. 그곳은 분리수거를 위해 커다란 비닐 자루들을 여러 개 설치해놓은 곳이었다. 비닐, 플라스틱, 캔 등 여러 종류의 자루 중에서 그것은 일반 종이를 모으는 자루 속으로 쏙 들어갔다. 나는 갑자기 '큭'하는 소리를 내면서 창문을 닫고 안쪽으로 돌아섰다. 그것에, 별것 아닌 그 작은 나뭇잎 하나에, 너무 집중해있는 나 자신이 문득 우습게 느껴졌기 때문이었다.

나는 나뭇잎 위에 올려두었던 마음을 잡아 내리듯이 어깨를 둥글게 돌리며 움츠렸던 양쪽 팔을 쭉 폈다. 아득하게 멀어진 것 같았던 지난밤의 꿈이 다시 불쑥 솟아올랐다.

나는 어딘가를 향하여 가고 있었다. 사방이 온통 컴컴해서 밤인 것 같았는데 이상하게도 아득하게 먼 앞쪽에서 무척 밝은 한 줄기 빛이 폭포수처럼 쏟아져 내리고 있었다. 머리와 어깨가 온통 축축해서 만져보니 물기가 가득했다. 어두워서 잘 보이지는 않았지만 비가 내리는 모양이었다. 그런데도 비가 오고 있는 건 느껴지지 않았다. 그러는 중에 내 앞에서 어떤 얼굴들이 떠올랐다가 사라졌다. 그것은 매우 빠른 속도였다. 눈을 깜빡거릴 때마다 그 얼굴들은 달라졌다. 그 얼굴들은 분명 다른 사람들이었는데 이상스럽게도 모두 같은 얼굴들로 보였다. 나는 그 얼굴들을 잡으려고 허우적거리고 있었다. 나는 마치 물속을 걷고 있는 듯 휘청거리다가 잠에서 깨어났다.

거실 쪽으로 향하던 나는 그곳을 지나 방으로 발길을 옮겼다. 그곳은 작은 거실을 사이에 두고 큰방과 마주 보고 있는 작은 방이었다. 나는 얼마 전에 남편의 물건들을, 함께 찍었던 사진까지 모두 그 방으로 옮겨 두었다.

남편에게서 마지막 연락이 온 것은 4년 전이었다. 그것은 매우 일상적이고도 답답한, '내가 잘 있는지, 자신은 큰일 없이 그냥 잘 있다는' 내용이었다. 내가 남편의 목소리가 흘러나오고 있는 집 전화선을 뽑아버리고 싶은 충동을 가까스로 누르며 채무 관련 내용을 물으려고 했을 때 전화는 일방적으로 끊겨버렸다.

그때까지만 해도 나는 그 이전에 비해 턱없이 좁은 집이었지만 집안 곳곳을 남편과 나의 공간으로 꾸며 놓고 있었다. 어느 날 갑자기 남편의 사업이 부도가 났고 나는 밤중에 전화를 받고 급히 살던 집을 빠져나와 잘 떠지지도 않는 눈을 비비며 남편이 내민 이혼 서류에 도장을 찍었다. 그리고 남편은 나를 현재 이곳으로 데려다 놓고 어디론가 휭하니 나가 버렸다. 곧이어 이삿짐이 도착했다. 지난번 살던 집에서 대강 챙겨온 간단한 세간들이었다.

그 이후로 나는 가끔씩 교회에 나가서 기도를 하였다. 더 이상의 어떤 일이 발생하지 않은 것에 감사하였고 무소식이 희소식일거라는 말을 입

속으로 되뇌었다. 몇 개월이 지나자 남편이 집 전화로 연락을 해오기 시작했다. 남편의 예전 핸드폰으로 연락을 하면 수신정지라는 안내 멘트가 흘러나왔다. 그래서 나는 다만 무작정 남편을 기다리는 사람이 되어버렸다.

그때 이후로 경찰서에서 몇 번 다녀갔다. 그리고 남편의 채무 관계에 대해 아는 것을 물었다. 그리고 남편과의 통화 유무를 물었다. 나는 전혀 통화를 하지 못했다고 했고 경찰도 그 이상으로 조사를 하지는 않았다.

1년 정도 시간이 지나자 경찰에서도 더 이상 연락이 오지 않았다. 남편의 전화도 뜸해졌다. 사업의 부도가 그럭저럭 잘 처리된 것 같았다. 그렇게 일이 정리되고 커지지 않은 것만도 매우 감사할 일이었다. 나는 그렇게 생각했다.

2년이 지나자 남편에게서 오던 연락이 끊어졌다. 나는 매일 일정한 시간에 일어나 맛없는 밥을 먹고 아파트 주변을 한 바퀴 돈 후 햇빛 드는 베란다에 앉아 커피 한잔을 마셨고, 해가 질 때쯤 집 앞에 있는 마트에 가서 저녁 찬거리를 사와 반찬을 만들고 또 다시 저녁밥을 지어 먹었다.

세월은 모든 것의 약이었다. 3년이 지나자 나는 이전의 모든 것에서 거의 자유로워지는 것 같았다. 눈을 감고 가만히 생각해본다. 어디에서부터 인생이란 배가 계획하지 않았던 방향으로 흘러가게 된 것인지 생각해본다.

그를 만난 것이 잘못된 것이다. 그. 그리고 또 그⋯⋯. 그의 연락을 끊어 버렸어야 했다. 전화번호를 바꿨다면 그는 나를 찾지 못했을 것이다. 그러나 그랬더라도 나는 곧 그에게 연락을 했을 것이다. 그에 대한 그리움의 조각들을 산산조각 내지 못한 이상 내 머리와 손은 그의 번호를 눌렀을 것이고 그의 이름을 불렀을 것이다.

결혼식을 일주일 앞둔 날. 하루 종일 우울한 기분처럼 하늘이 흐려있더니 저녁 무렵부터는 추적추적 비까지 내리기 시작했다. 나는 때 이른 겨울 외투를 꺼내 입고 화장대 앞에 서서 거울을 들여다보았다. 일주일 후면 신부가 될 여자의 얼굴이라고 보기에는 너무나 초췌한 얼굴이었다. 기다렸다는 듯 눈물 한 방울이 툭 떨어져 내렸다. 나는 가방에서 지갑을 꺼내어 호주머니에 넣은 뒤 급히 현관문을 열고 집을 나섰다.

길거리에서 정신없이 핸드폰에 저장된 그의 전화번호를 찾아 눌렀다. 누르고 또 눌렀다. 지나가는 차들이 울리는 경적소리가 크게 들리는 것도 같았고 머리가 축축하다는 느낌도 드는 것 같았다. 길모퉁이에 있는 바(Bar)를 겸한 카페 앞에 이르러서야 나는 뚜뚜거리는 소리를 들을 수 있었다. 나는 손에 들고 있던 핸드폰을 들어 올려 다시 그의 전화번호를 눌렀다. 전화기 안에서 없는 번호라는 안내 멘트가 크게 흘러나왔다. 나는 서둘러 카페 안으로 들어섰다. 이른 시간이어서 그랬는지 늘 앉던 우리의 자리는 비어있었다. 종업원이 다가와 놀란 눈으로 나를 바라보더니 마른

수건을 가져다주었다.

"잠깐 같이 좀 앉아도 될까요?"

얼마나 시간이 흘렀는지, 나는 익숙한 목소리에 놀라 고개를 들었다. 검은색 양복을 입은 어떤 남자가 나를 쳐다보며 동의를 구하고 있었다. 키가 훌쩍 커 보였는데, 어디선가 많이 본 것처럼 낯이 익었다. 검은 와이셔츠에 맨 빨간 색 넥타이가 두드러져 보였다. 내가 대답이 없자 남자는 내 옆의 의자에 앉으면서 입을 벌려 미소를 지어 보였고, 순간 엄청난 속도로 남자가 내 마음속으로 들어왔다.

그 미소는 조금 아까까지 내가 그토록 많이 눌러대던 전화번호의 주인공과 너무도 닮아 있었던 것이다. 나는 흐려지려던 정신을 수습하고 허리를 꼿꼿이 세우고 눈을 크게 뜨고 그를 바라보았다. 훤칠하게 큰 키와 갸름한 얼굴선, 그리고 큼직큼직한 이목구비가 눈에 들어왔다. 그도 눈을 둥그렇게 뜨고 나를 빤히 쳐다보았다. 우리는 그렇게 한참 동안 서로를 들여다보고 있었다. 그가 먼저 입을 열었다.

"제가 아는 어떤 분과 무척 많이 닮으셨군요. 아, 결례를…… 죄송합니다."

"다음 주에 결혼해요."

나는 묻지도 않은 말을 뱉어냈다.

"그래서 오늘 제가 이곳에 오고 싶었는가 보네요. 축하를 해드려야 하니까."

그가 오랫동안 알아 왔던 연인처럼, 그러나 어떤 이유때문에 헤어져야 되는 사이처럼, 매우 담담하지만 빠른 속도로 말했다.

"나는 남편이 될 사람을 사랑한다고 생각하고 있어요."

"그래요. 당신은 남편이 될 사람을 사랑한다고 생각하고 있습니다. 그 래서 결혼하려는 것이고요."

나는 갑자기 맥이 빠지는 듯 온몸이 흐늘거리는 것을 느꼈다.

"나는 이제, 오늘 여기를 나가는 순간부터 당신에게 연락하지 않을……."

나는 갑자기 하던 말을 멈추었다. 처음 만난 남자에게 할 말이 아니라는 것이 생각났기 때문이었다.

"당연히 그렇죠. 나도 조금 후에 여기를 나가는 순간 당신을 잊어버릴 겁니다. 연락 같은 건 할 필요도 없죠. 아니, 난 조금 전에 당신을 처음 보았고 당신의 전화번호도 알지 못하니까요."

갑자기 남자가 몸을 기울여 내 손에 있는 핸드폰을 열었다. 그러더니 내 전화벨 소리가 들려왔다.

"얼른 전활 받으셔야죠. 이게 처음이자 마지막 전화입니다. 만난 기념으로, 조금 있다가 헤어질 기념으로, 다신 안 만날 기념으로 드린 전화입니다."

나는 갑자기 참을 수 없이 웃음이 터져 나왔다.

"빨리 전화번호 저장하세요. 조금 지나면 잊어버립니다. 아니 당신도 기념으로, 오늘 처음 저를 만난 기념으로, 조금 후면 헤어질 기념으로, 다신 안 만날 기념으로, 적어도 제게 전화 한 통화는 해 줄 아량은 가지고 계시겠죠?"

나는 점점 더 웃음을 참을 수 없어서 소리 내어 마구 웃었다.

"이런, 눈물 자국이 채 마르지도 않았는데 이렇게 마구 웃으시니, 옛날 말에 울다가 웃으면 어찌어찌 된다고 했는데, 이거 확인하기도 힘들고 원 어쩌나."

나는 점점 더 웃음이 나와 이제 배까지 움켜쥐고 있었다. 너무 웃어서 눈물이 났다. 그가 바지 주머니에서 손수건을 꺼내더니 왼 손으로 나의 볼을 잡고 눈가를 닦아주었다. 그 모든 행동은 너무도 자연스러워 나는 어떻게 거스를 생각조차도 하지 못하고 있었다.

그렇게 그는 만나자마자 오래전 나의 애인이 되어 있었다. 나는 연락이 되지 않는 옛날 애인의 이름 대신 그의 이름을 입력한 후 번호를 저장했다.

"남편이 될 사람은 뭐하는 사람이에요?"

나의 웃음이 진정되자 그가 문득 물었다.

"사업을 물려받을 사람이에요."

"부잣집 도련님인 모양이군요. 하하, 하긴 당신도 엄청난 미모에다, 여러 가지가 만만치 않은 것 같지만요. 하하"

그가 갑자기 몸을 뒤로 젖혀 거리감을 표시하며 말했다.

"대학 때부터 사귄 남자친구가 있었어요. 10년 가까이 되었었죠."

"그런데 헤어졌군요. 남자친구는 잘생겼지만 돈이 부족하고, 남편 될 사람은 잘생기고 부자고……. 뭐 대체로 그런 스토리겠군요. 아이고, 죄송. 이거 당신 이야긴데 남 이야기하듯 해서 정말 미안해요."

나는 그의 묘한 태도에 웃어야 할지 화를 내어야 할지 당황스러워하고 있었다. 그는 나의 가장 절실한 애인이 되었다가, 순식간에 타인이 되었다가 하고 있었다.

"맞아요. 온갖 미사여구를 빼고 줄여서 말하면 그거예요."

"사랑하는 게 아니고 사랑한다고 생각하는 사람과 결혼하면 행복할 거 같으세요?"

그가 갑자기 진지한 표정을 띠고 나를 바라보며 말했다.

그날 이후, 그는 종종 연락을 해 왔다. 결혼 후에도 우리는 가끔씩 만났다. 그러다가 남편의 사업이 망했고 나는 남편에 대한 미안함 때문에 그의 전화번호를 지워버렸다.

거실 식탁 위에 놓아두었던 핸드폰에서 문자가 왔음을 알리는 신호

소리가 들려왔다. 나는 감았던 눈을 떴다. 그러자 오래전의 그에 대한 기억들이 순식간에 사라져버렸다. 나는 천천히 몸을 돌려 거실 쪽으로 향하며 방문을 닫았다. 나는 무심코 뒤를 돌아보다가 방문이 덜 닫힌 것을 보았고 손을 내밀어 그것을 잡고 열었다가 잡아당겨 꼭 닫았다. 그 순간 책장 위에 얹힌 사진틀 속에 들어있던 남편이 나를 향해 활짝 웃었다.

문자는 은행 지점 오픈을 알리는 것이었다. 그 은행은 내가 주로 거래를 하던 은행이었다. 내가 살던 동네에 지점이 없어서 나는 걸어서 20분 정도 걸리는, 내가 사는 동에 인접한 동네의 지점으로 다니면서 은행 업무를 처리하고 있었다. 마침 내가 사는 동네에 그 은행의 지점이 문을 연다는 소식이었다. 그래서 오늘 개점 기념으로 조촐한 다과를 준비하였으니 고객 여러분들은 오셔서 새로운 상품도 보시고 다과도 즐기시라는 내용이었다. 마침 그 은행에 볼일이 있었는데 잘 되었다는 생각이 들었다.

오후 3시가 조금 지나 나는 집을 나섰다. 은행에 잠깐 들렀다가 마트에 장을 보러 가면 되겠다는 생각에서였다. 겨울에 접어든 계절이라 그런지 오후 3시의 햇빛은 벌써 사위어가고 있었다. 어디선가 바람이 한줄기 불어와 나의 머리카락을 흔들고 지나갔다. 나는 갑자기 사는 일이 매우 쓸쓸하다는 생각이 들어 나도 모르게 가느다란 한숨을 내쉬었다.

폐점 시간이 얼마 남지 않았는데도 개점 기념행사를 하는 은행 안은 사람들로 꽤 붐비고 있었다. 천정에 매달아 놓은 알록달록 색색의 풍선들이 제법 분위기를 살리고 있었다. 군데군데에서 직원들이 신상품에 대한 설명을 하고 있었고 여직원으로 보이는 아가씨들은 다과를 권하고 있었다. 나는 녹차 한 잔과 비스킷을 들고 금융상품 설명하는 곳을 기웃거리고 있었다.

갑자기 둥근 탁자 쪽에서 박수 소리가 터져 나왔다. 무의식중에 나는 소리가 나는 쪽으로 발길을 옮겼다. 누군가가 이야기를 하고 있었다. 굵은 저음의 남자 목소리였다. 나는 이리저리 사람들을 헤치고 고개를 내밀어 그 사람이 있는 쪽을 바라보았다. 그 순간 나는 가슴 속에서 커다란 무엇인가가 무너져 내리는 것을 느꼈다. 나는 잘못 보았는가 싶어 잠깐 눈을 돌렸다가 다시 그쪽을 바라보았다. 틀림없이 그였다. 벌써 오래 전에 지워버린 전화번호의 주인공. 결혼을 일주일 앞두고 만났던 사람. 스무 살 때 사랑했던 사람과 너무도 닮아있던 사람. 나는 놀란 가슴을 쓸어내리며 다시 한번 눈을 크게 뜨며 그쪽을 바라보았다.

훤칠하게 큰 키와 갸름한 얼굴선. 그리고 큼직큼직한 이목구비.

"우리 지점장님, 미남이시죠? 능력 좋으시고, 젊겠다, 갖출 건 다 갖추었죠. 혹시라도 주부님들은 절대 넘보면 안 됩니다. 곧 결혼할 몸이시거든요. 하하"

그 사람의 양옆에 서 있던 남자 직원 중의 한 명이 주변을 둘러보며 동의를 구하는 표정으로 재빨리 말하면서 얼렁뚱땅 분위기를 고조시켰다.

은행직원답지 않은 너스레 때문이었는지 여기저기 사람들 속에서 웃음이 터져 나왔다. 나도 잠시 고개를 갸웃거렸다.

나는 천천히 지점장이라 불린 사람을 쳐다보았다. 정말 스무 살 때 사랑했던 사람을 그대로 옮겨놓은 것 같은 모습이었다. 나는 속으로 가만히 셈을 해 보았다. 내가 그와 만난 것이 스무 살 때였고 그는 나보다 세 살이 더 많았으니 지금쯤 그는 마흔이 조금 넘었을 것이다.

나는 그를 대학 1학년 때 동아리 모임에서 만났다. 그는 군대를 다녀와서 막 복학을 한 상태였다. 입학한 후 처음 있었던 동아리 모임이 끝나고 집으로 돌아가려고 할 때 그가 내게 집이 어디냐고 물었다. 모임 내내 그는 내 옆자리에 앉아 있었고 우리는 어느새 편안한 감정을 느끼고 있던 터였다.

"상계동인데요. 선배님은 어느 쪽이세요?"

나는 어느새 선배라는 호칭을 썼고 그는 얼굴에 웃음을 머금고 말했다.

"어? 나도 상계동인데. 상계동 어디쯤? 나는 거기 전철에서 내려서 편의점이 있는 골목으로 쭉 따라서 올라가다 보면 오른쪽으로 있는 아파트."

"전 편의점 쪽 아니고 그 반대편 쪽에 있는 장미 빌라에 살아요."

그러니까 그와 나는 전철역을 중심으로 했을 때 반대편에 살고 있는 셈이었다. 그 이후로 그와 나는 빠른 속도로 친해졌다. 학과 친구들과 동아리 친구들은 우리를 캠퍼스 커플(C.C)로 불렀다.

그렇게 알게 된 그와 나는 졸업을 하고 취업을 하고 서른 살이 넘을 때까지 거의 십 년을 사귀었다. 서로의 집에도 자연스럽게 왔다 갔다 하는 사이가 되었다. 딸만 셋이었던 우리 집에서는 아들 같은 그를 믿음직스럽게 생각했다. 여동생이 없던 그는 나를 여동생처럼 여겼고 그의 어머니는 나를 딸처럼 생각했다. 그의 어머니는 옷가게를 하고 계셨고 누나가 그 일을 돕고 있었다. 그의 가족은 그와 누나와 어머니 세 식구가 전부였다.

사실 처음 그가 우리 집에 놀러 왔다 간 후 어머니는 그에 대해 이것저것 캐묻기 시작했다. 나는 그의 가족 사항을 말했는데 어머니는 어쩐 일인지 좋지 않은 표정을 지으셨다. 그때 우리 집은 아버지의 사업이 날로 번창해서 내가 상상하지 못할 정도의 엄청난 부자가 되어 있던 상태였다. 어머니는 그와 내가 무슨 특별한 사이가 아니라 그저 편한 친구 같은 사이란 것을 알고는 이후로 별말씀이 없으셨다. 사실 그만이 아니라 나는 많은 남자 친구들이 있었고 우리 집에는 늘 여러 명의 남자친구와 여자 친구들이 드나들었기 때문에 그와 내가 무슨 특별한 관계가 아닌 것은 확실했다.

원탁 쪽에서 다시 굵은 저음의 목소리가 들려왔다. 나는 마음을 다잡고 사람들 틈 사이를 지나 목소리의 주인공을 향해 나아갔다. 그때 내 마음 한편에서 어떤 속삭임이 들려왔다. '어서 이 자리를 피해. 굳이 가까이 가서 확인할 필요는 없잖아. 이젠 모두 지나간 일이고 돌이킬 수 없는 것들이잖아.' 나는 내 속에서 들려오는 소리에 잠시 몸을 움츠리고 눈을 감았다. 그때 다시 서너 사람 저쪽 편에서 굵은 저음의 목소리가 들려오기 시작했다. 나는 자신도 모르는 힘에 끌려 그쪽으로 나아갔다. 그 사람이 둘러선 사람들을 바라보며 막 무슨 말을 하려다가 자신을 향해 다가가던 나와 눈이 마주쳤다. 그는 당황한 표정을 지으며 얼굴을 붉혔지만 곧 시선을 다른 쪽으로 주며 하려던 말을 계속했다.

'그도 나를 알아본 것일까?' 나는 갑작스러운 상황 속에서 중얼거렸다.

"여기, 제 명함 하나씩 가져가십시오. 그리고 궁금한 사항 있으실 때 연락주시면 성심껏 상담해드리겠습니다."

그 사람이 둘러선 사람들에게 명함을 하나씩 나누어주기 시작했다. 그가 내 앞에 이르러 명함을 내밀었다. 나는 당황해서 얼떨결에 말했다.

"새로 나온 좋은 금융상품 있나요? 원금 손해 보지 않는 걸로요."

"아, 네. 최근에 나온 좋은 상품이 한 가지 있긴 한데, 지금 시간이"

그 사람이 왼쪽 손을 들어 손목에 찬 시계를 들여다보았다.

"폐점 시간이 다 되어서, 시간 있으시면 잠깐 기다리시면 되는데…….
아니면 연락처를 주시면 원하시는 시간에 제가 전화를 드리겠습니다."

"아, 그럼 제가 내일 다시 들를게요."

나는 당황하며 급히 말을 했다. 뭔가 이성의 저 너머에서 연락처를 알려주면 안 될 것 같은 이상한 조바심이 나를 옭아매고 있었다. 나는 받은 명함을 호주머니에 집어넣으며 바깥으로 향하는 계단 쪽으로 급히 걸어갔다. 밖으로 나오니 청명하던 아까와는 달리 하늘이 흐려져 있었다. 나는 마트를 향하여 발걸음을 옮겼다.

2층으로 되어 있는 대형 마트를 몇 차례 돌고 나서도 나는 아무것도 사지 못한 채 서성거리고 있었다. 무엇인가 아득한 심연 아래쪽에서 강력한 어떤 것이 나를 잡아당기는 느낌이 들었다. 어수선하고 어렴풋한 기억들이 미처 언어가 되지 못한 채 내 가슴 속에서 소용돌이치고 있었다. 내게는 분명 그 사람을 만나야 할 어떤 이유가 존재하는지도 몰랐다. 나는 마트의 계산대를 지나 다시 지상으로 나 있는 출구 쪽으로 바삐 걸어갔다. 은행이 저만큼 건너다보이는 곳에 이르러 나는 큰 한숨을 내쉬었다. 시계를 보니 5시 반이 조금 넘어있었다. 사방은 벌써 어둑어둑해져 있었다. 겨울로 접어들어 해가 빨리 떨어졌다.

한참을 서 있자 불분명한 이유로 흥분했던 마음이 가라앉기 시작했다. 갑자기 한기가 느껴졌다. 집으로 얼른 돌아가야겠다는 생각이 들었고 저녁 찬거리를 사야 한다는 생각이 들었다. 나는 다시 마트가 있는 지하로 통하는 계단으로 향했다. 그곳은 전철역으로도 통하는 곳이었다.

내가 계단을 다 내려와 막 매표소를 지날 때 내 앞으로 얼핏 낯익은 뒷모습이 지나가는 것이 보였다. 나는 본능적으로 고개를 들었다. 저만치 앞에서 그 사람이, 젊고 능력 있는, 그러나 곧 결혼할 거라는 그가 걸어가고 있었다. 짧은 순간 나는 멍청하게 서서 그의 뒷모습을 바라보았다. 그러다가 후닥닥 매표소를 향하여 걸어갔다. 그 사람이 막 티켓팅을 하고 있었다. 나는 급히 지갑에서 교통카드를 꺼냈다. 몇 사람 앞에 있던 그 사람이 갑자기 뒤를 돌아보았다.

"안녕하세요? 아까 뵀었던 분이죠?"

내가 허둥거리며 티켓팅을 마쳤을 때 그가 내게로 다가서며 말했다. 아까 잠깐 보았던 사람답지 않게 친근하고 자연스러운, 그러나 십 년 전, 결혼 일주일 전에 만난 후 몇 년 전까지도 가끔은 만나왔던 사이치고는 너무도 냉랭한 태도였다.

"아, 네. 안녕하세요? 지금 퇴근하시는가 봐요? 댁이 어디세요?"

나는 숨도 멈추지 않은 듯 급하게 물었다.

"아, 네. 건대 입구까지 갑니다. 어디까지 가세요? 댁이 이 근처 아니셨나요?"

그도 급히 받으면서 의문을 표시했다.

"네, 저도 건대 입구까지 가요. 거기 볼일이 있어서요. 저쪽이 좀 한가하네요."

나는 거짓말로 인해 어색해진 감정을 감추기 위해 손을 들어 그를 이끌었다. 그와 나는 사람이 없는 구석 쪽 승차 라인 앞에 섰다. 어둠 때문에 검은색 투명한 거울로 변한 스크린 도어가 키가 훌쩍 큰 그 사람과 시장바구니를 든 나의 모습을 비추고 있었다. 그 모습을 보자 나는 우리가 매우 오랫동안 같은 길을 함께 걸어온 사람처럼 느껴졌다. 그러자 엄청난 친밀감이 밀려왔다. 그리고 뒤이어 내가 가지고 있던 그 어떤 그리움이 모두 이 사람을 만나기 위한 것이었다는 생각이 들었다.

남편이 사라진 지난 4년간 나는 매일 밤 그리움에 시달렸다. 처음엔 남편을 그리워했다. 그러다가 시간이 지나자 그 그리움이 남편을 향한 것이 아님을 알게 되었다. 더 많은 시간이 흘러가자 나는 밤마다 이상한 꿈에 시달리기 시작했다. 그 꿈에는 내가 알던 많은 사람들이 나타났다. 최근의 꿈에는 대학시절에 알았던 그의 모습이 계속 나타났다. 나는 그가 몹시 그리웠다. 그러나 전화번호를 알 수 없었다. 그가 떠나간 지는 벌써 오래되었다. 내가 그와 결혼하고 싶다는 의사를 내비추었을 때 어머니와 아버지는 완강하게 반대 의사를 밝히셨다. 그런 집안에, 그것도 넉넉하지도 못한 집에 나를 보낼 수 없다는 게 반대이유였다. 나는 그제야 언젠가 그를 우리 집에 데려왔을 때, 어머니가 그다지 환영하지 않는 표정을 짓던 것이 생각났다. 그는 우리 집의 분위기가 심상치 않다는 것을 느끼자 갑자기 발길을 끊어버렸고 내게도 먼저 연락하지 않았다. 학교에서도 의도적으로 나를 피하는 것 같았다. 나는 그를 만나려고 몇 번을 시도했지만 그는 거절했고 그에 따라 나도 지쳐갔다.

어느 날 그의 집에 가 보았더니 이사를 가고 없었다. 옆집 사람들한테 물어보니 장사가 잘 안되어 집을 줄여 이사를 갔다는 이야기를 해 주었다. 나를 피한 데에는 그런 그의 집안 사정도 있었던 것 같았다. 이후로 나는 집안에서 소개한, 부잣집 아들이었던 남편을 만나 결혼했다. 그런 결혼을 예상이라도 했다는 듯 내가 결혼을 하자마자 아버지의 사업이 급격하게 기울기 시작했고 몇 달이 지나지 않아 우리 집은 변두리의 작은 아파트로 이사를 가는 상황이 되었다. 나는 갑자기 우리 집의 물주가 되어버렸다. 모든 집안의 대소사에 들어가는 돈은 내게서 지출되었다. 엄밀하게 말하면 내 돈이 아니라 남편 돈이었다.

그런 상황 때문에 나는 좀 더 수월하게 그를 잊어버릴 수 있었다. 사실 남편과의 결혼이 내키지 않았던 나는 결혼식을 며칠 앞두고도 끝없는 방황에 빠져 있었다. 그는 전화번호를 바꾸어버리고 모든 사람들과 단절된 어딘가로 잠적해버렸는지, 어느 누구도 그의 연락처를 알지 못하였다.

남편은 시원시원한 성격의 소유자였다. 사업에 바빴던 그는 아침 일찍 나가서 저녁 늦게 돌아왔다. 그는 상식적인 선에서 남편으로서 내게 몹시 너그러웠다. 특히 아버지의 사업이 기울자 경제적인 도움을 아끼지 않았다. 내게도 부담스러울 정도의 돈을 주었다. 그래서 나는 남편에게 나의 내면의 고민을 빙자한 어떤 불만도 드러낼 수 없었다. 그렇게 결혼 후 2년의 시간이 흘렀고 시댁에서는 아이를 원했지만 어쩐 일인지 아이가 쉽게 들어서지 않았다.

"무슨 생각을 그렇게 골똘하게 하세요?"

검은 투명 스크린 도어 속의 그 사람이 불쑥 나에게 물었다.

"아, 네. 새로 나온 금융 상품······."

나는 얼떨결에 말을 내뱉고는 뭔가 좀 어색스러워 마무리를 짓지 못한 채 망설였다. 그 사람이 갑자기 웃음을 터트렸다. 안쪽 통로에서 전철이 오고 있다는 신호가 들려왔다. 나도 갑자기 웃음이 나왔다.

"제가 알고 있는 어떤 분과 무척 많이 닮으셨어요."

전철에 탄 후 그 사람이 안쪽으로 나를 서게 한 후 자신도 옆에 서서 천정에 달린 손잡이를 잡으며 말했다.

"어떤 분이신데요?"

나는 하고 싶은 말을 삼키고 되물었다.

"여기 지점으로 오기 전에 충무로 쪽에 잠깐 있었거든요. 그때 거기서 같이 근무했던 분."

"전에 못 들었던 이야기네요. 많이 좋아 하셨나 보죠?"

"네, 막 결혼했을 때였죠."

"타이밍이 안 맞았군요. 조금만 더 일찍 만났더라면 이뤄졌을 걸."

"아뇨. 그 사람에게도 오랫동안 사귀던 사람이 있었어요."

그가 우울한 어조로 한숨을 푹 내쉬었고 오랫동안 침묵이 이어졌다.

건대입구역에 도착했을 땐 겨울비가 추적추적 내리고 있었다. 나는 시장바구니에 챙겨가지고 온 우산을 꺼내들었다.

"우산 없으시죠? 저랑 같이 쓰세요."

"아닙니다. 요 아래 마트에 가서 하나 사서 쓰고 가면 됩니다. 어느 방향으로 가시는지, 가는 곳도 다를 텐데요. 먼저 가십시오."

나는 갑자기 마음이 다급해졌다. 나야말로 특별한 목적지가 없었다. 그 사람이 눈에 보였을 때 어린아이처럼 아무 생각 없이 따라온 것이었고 그가 내리는 곳에서 함께 내린 것이었다. 나는 초조한 마음을 감추지 못한 채 얼른 말했다.

"괜찮아요. 같이 쓰고 가세요. 제가 가시는 데까지 같이 가 드릴게요."

어디에서 그런 대담함이 솟아 나왔는지, 나는 스스로도 놀라며 말했다. 그 사람이 잠시 주저하는 얼굴빛이 되더니 곧 흔쾌한 표정을 지으며 고개를 돌려 나를 바라본 후 성큼 내 우산 속으로 들어섰다.

"제가 우산을 들 테니 이쪽 편으로 서세요. 비가 많이는 안 오네요."

나는 얼른 그 사람에게 우산을 내어주었다. 무슨 일이 있는지 헤드라이트를 밝힌 자동차들이 경적을 울리며 지나갔다. 주위는 어느새 어둠이 깔려있었다. 우리는 앞쪽을 향하여 천천히 걷기 시작했다. 나는 어느

새 아득한 20년 전의 시간 속으로 돌아가고 있었다. 그 시절, 그와 함께 걸었던 기억들이 서서히 떠올랐다. 나도, 그도 비를 참 좋아했다. 그래서 우리는 비가 오는 날이면 일부러 만나서 우산을 쓰고 이곳저곳 걸어서 돌아다니곤 했었다. 그와 함께 서면 그의 어깨에 내 키가 닿았고, 그래서 팔짱을 끼면 그에게 빠듯하게 매달리는 것이 나는 매우 좋았다.

"12시까지만 돌아가면 되잖아요?"

"네?"

나는 깜짝 놀라 우산 밖으로 고개를 내밀었다. 비는 어느새 눈으로 바뀌어 있었다. 올겨울 접어들어 처음 내리는 눈이었다.

"아, 눈이 오는데요. 첫눈이에요."

어린아이처럼 내가 갑자기 탄성을 지르며 우산 밖으로 몸을 빼내었다.

"아, 눈이 오는군요. 이렇게 오래도록 이 시간 속에 머물렀으면 좋겠어요."

그가 우산을 비스듬히 기울여 어깨에 올려놓은 채 꿈꾸는 표정을 지으며 중얼거렸다. 그가 다시 혼잣말처럼 무슨 말인가를 중얼거렸다.

"그땐 내가 정말 잘못했어요. 어쩐 일인지 마음과는 다르게 되어버렸어요. 시간이 흘러갈수록 후회하는 마음이 더해요……"

나는 그가 하는 말이 나에게 하는 말이 아님을 직감적으로 알 수 있었다.

"우산을 접고 이리 좀 와 보세요."

나는 앞서 빠르게 걸어가며 그에게 소리쳐 말했다.

"아니, 난 이제 그만 들어가 봐야겠어요. 잘 가세요. 그리고 또 만나요."

그가 갑자기 오른쪽으로 나 있는 길로 접어들며 나에게 손을 흔들었다. 그곳은 아파트 단지로 이어져 있는 길이었다. 그는 아마도 그 아파트에 살고 있는 것 같았다. 골목으로 접어든 그는 어느 틈엔가 사라져 보이지 않았다. 나는 그가 사라진 곳을 바라보며 멍하니 눈을 맞고 서 있었다.

어디선가 뻐꾸기시계가 저녁 7시를 알리고 있었다. 나는 돌아서서 전철역을 향하여 천천히 걷기 시작했다. 집에 도착했을 때 눈은 그쳐 있었다. 날씨가 그다지 춥지 않아서인지 내린 눈은 다 녹아서 거리가 비가 온 것처럼 축축하게 젖어 번들거리고 있었다. 나는 저녁도 먹지 않은 채 잠자리에 들어 새벽녘에야 깨어났다.

그날 이후로 나는 거의 매일 저녁때쯤 그 은행 근처에서 서성거리며 그를 기다렸다. 그러나 그를 쉽게 볼 수 없었다. 나는 하릴없이 지하에 위치한 마트에 들러 이것저것 장을 보고 다시 전철 매표소 앞에 놓인 의자에 앉아 기다려보았다. 그날의 만남이 다만 우연이었는지도 몰랐다. 그날만 그가 특별히 전철을 타고 퇴근하였는지도 몰랐다. 어떤 급한 업무때문에 늦게까지 일을 하고 있었던 것인지도 몰랐다. 나는 호주머니에서 그가 주었던 명함을 꺼내어 만지작거리며 그의 전화번호를 들여다보다가, 핸드폰에 그의 번호를 절반쯤 찍어보다가 지워버리기를 반복했다. 문득 사람들의 눈길이 부담스러워 시계를 들여다보면 밤이 되어 있었다.

그러나 그곳에서 내가 꼭 그 사람을 기다린 것만은 아니었는지도 몰랐다. 난 다만 그 누군가를 기다린 것인지도 몰랐다. 그 누군가는 남편이었는지도 몰랐다. 아니, 나는 어쩌면 채워지지 않는 그리움을 기다리고 있었는지도 몰랐다. 일주일 정도의 시간이 흘렀을까? 나는 그 날도 의자에 앉아서 이런저런 어수선한 생각에 한없이 빠져 있었다. 그래서 누군가가 내 옆에 와서 앉는 것도 의식하지 못하고 있었다.

"누구를 기다리고 계신가요?"

갑자기 들려 온 굵은 저음의 목소리에 나는 얼핏 생각에서 빠져나와 고개를 돌렸다. 그 사람이 내 옆에 앉아 있었다. 나는 그를 바라보면서 그가 남편과 많이 닮았다는 생각을 처음으로 했다.

"남편을 기다려요."

나는 엉뚱한 말을 하고 말았다.

"남편은 아마 오지 않을 겁니다."

나는 그 사람의 그 말을 이해할 듯했다.

"그녀가 다시 돌아오지 않듯이……"

그가 매우 작은 목소리로 덧붙였다.

"나도 알고 있어요. 그래도 내가 할 수 있는 일은 기다리는 일밖에 없어요."

나는 힘없이, 감정이 다 빠져나간 목소리를 길게 늘여가며 천천히 말했다.

"갑시다. 어찌 되었든 어디론가 가야하니까 가보죠. 그곳이 어디가 될지는 알 수 없지만."

그가 몸을 일으키며 내 눈을 빤히 쳐다보았다. 그 눈은 며칠 전 개점 오픈 행사에서 처음 만났을 때의 바로 그 눈빛이었다. 나는 주섬주섬 옆에 두었던 시장바구니를 챙긴 후 그를 따라 일어섰다. 개찰구를 향하여 저만큼 앞서서 걸어가는 그를 바라보며 나는 뭔지 알 수 없는 미련으로 내가 앉아 있던 의자를 돌아보았다. 그 곳은 전철역의 매표소 앞으로 나 있는 꽤 넓은 공간에 세운 육각기둥을 따라 설치해놓은 나무 의자였다. 조금 아까까지 몇몇 사람이 앉아 있던 그곳은 어느새 텅 비어있었다. 매표소 쪽으로 한 무리의 사람들이 우루루 몰려가고 있었다. 나는 눈으로 얼른 그 사람을 쫓으며 발길을 옮겨놓았다.

우리는 어느 낯선 역에서 내렸다. 역 이름을 보니 한 번도 와 본 적이 없는 역인 것 같았다. 그 사람이 걸음을 빨리해서 개찰구를 빠져나갔다. 나는 혹시 그를 놓칠까 부지런히 발을 옮겨 디뎠다. 그 사람의 발걸음은 무척 빨랐다. 나는 열심히 걷고 있었는데도 그 사람과 나의 거리는 꽤 벌어져 있었다. 지상으로 통하는 계단 입구에서 잠시 그가 멈추어 서서 내 쪽을 쳐다보며 나를 기다렸다. 그의 얼굴에 어떤 미소가 싱긋 떠올라 있었다. 내가 가까이 다가가자 그가 물었다.

"이 근처에 제가 알고 있는 포장마차가 있는데, 거기 가서 한잔 하실래요?"

나는 뭐 아무래도 큰 상관이 없었다. 나는 고개를 끄덕였고 그는 아까처럼 잰걸음으로 앞서서 계단을 걸어 올라가기 시작했다. 한참을 걸어 우리는 시장이 시작되는 골목 입구에 있는 포장마차에 도착했다. 그가 휘장을 들치고 들어서서 길이 내다보이는 쪽에 자리를 잡고 앉았다. 주인이 부지런히 상을 정리하고 뜨거운 국물과 반찬들을 내왔다.

"뭘 드릴까요? 날씨가 꾸물거리는 게 비가 쏟아질 것 같네. 이럴 땐 소주에 뜨끈한 국물이 최곤데."

맞은 편 구석에 한 남자와 여자가 마주 앉아 있을 뿐 포장 안에는 사람이 없었다. 우리는 소주와 안주를 시켰다.

"그녀가 나를 많이 좋아했었어요."

그 사람이 소주 한 잔을 마시고 인상을 찡그리며 잔을 내려놓은 후 말했다.

"그녀만 당신을 좋아했나요?"

"그런 건 아니었죠. 그러나 난 그때 결혼했었고……. 지금에 와서 가끔 생각하면……."

"결혼한 상태였다는 건 핑계 아닐까요? 당신이 그녀를 그만큼 사랑하지 않았다고 하는 것이 보다 정직한 게 아닐까요?"

"지금 생각하면 그런 것도 같아요. 처음에 난 그냥 그녀가 불쌍해서 친절을 베풀었던 것이었어요. 그때 난 막 결혼했었고 아내를 열렬히 사랑한 것은 아니었지만 나름대로 행복했었거든요. 그때 그녀의 계산착오로 모자란 돈도 얼마 되지 않았고요. 그렇게 고맙게 생각할 줄은 상상하지 못했어요. 사무적이고 냉정한 상사들만 만나다보니 내가 베푼 작은 배려가 무척 크게 느껴졌었겠죠. 아마 그 돈이 그녀에겐 꽤 큰 돈이었던 모양이에요."

"그런 경우가 종종 있는가 보죠?"

"그렇죠. 돈이 맞지 않을 경우는 담당직원이 보통 다 변상하게 되어있어요."

"그냥 그 일로 고마웠으면 그뿐 아니었나요?"

"그 일이 있은 이후로 난 그냥 까맣게 다 잊어버리고 있었어요. 그런데 어느 날 그 여직원이 나에게 오더니 작은 선물 꾸러미를 내밀며 말했어요. 지난번 일이 너무 고마워서 서점을 지나가다 좋은 시집이 있어서 나를 주기 위해 샀다는 거였어요. 그냥 고마워서 받았어요. 그런데 그 이후로……."

"그 이후로?"

"시집을 읽고 나니 그녀와 이야기를 나누고 싶어졌어요. 그래서 어느 날 퇴근 후에 차를 한 잔 같이 마시기로 했지요. 별생각 없이 그런 거죠."

"이야기가 점점 흥미 있어 지려고 하는데요. 아니, 그런데 기분이 좀 이상하기도 하네요. 이게 무슨 감정인지? 제가 지금 질투를 하고 있는가 본데요."

나는 소리 내어 웃으며 그 사람을 바라보았다. 그 사람은 이야기에 몰두하고 있어서였는지 몹시 심각한 얼굴 표정을 하고 나의 감정에는 아랑곳하지 않고 있었다. 나는 갑자기 머쓱해지고 말았다. 그 사람은 이야기를 이어나갔다.

"차를 같이 마시고 시집에 대하여 이야기하는 동안 그 여자가 너무 아름답게 느껴졌어요. 그녀는 더 이상 돈 계산이 안 맞아 쩔쩔매던 초라한 여직원이 아니었죠. 그녀는 양어깨에 부드럽고 화려한 날개를 단 천사로 변해 있었어요. 아내에게서 한 번도 느껴보지 못했던 감정이었죠. 내 속 은밀한 곳에서 그녀에 대한 욕망이 싹트기 시작했어요. 우리는 그 시집을 들고 찻집을 나와 2차를 갔죠."

"술을 마셨겠군요."

내가 내뱉듯 말했고 그 사람이 갑자기 자리에서 벌떡 일어났다. 비닐 천막으로 후두둑 겨울비가 흩뿌리는 소리가 들려왔다. 밖에는 비가 꽤 많이 오는 것 같았다. 일어선 그가 술기운에 잠시 비틀거렸다. 빈속에 소주를 몇 병째 비운 상태였다.

"잠깐만요. 잠깐만, 화장실에 좀 다녀올게요."

"비가 많이 와요. 우산을 달라고 해서 가세요."

"알았어요. 알았어요."

그 사람이 갑자기 혀가 풀린 소리로 말하더니 밖을 향하여 비칠비칠 걸어 나갔다. 우산도 빌리지 않은 채였다. 나는 걱정이 되어 그 사람을 따라 나갈까 하다가 지나친 걱정 같아서 그만두었다. 비닐 포장으로 다시 비가 뿌리는 소리가 들려왔다. 밖은 바람이 부는가 보았다.

얼마나 시간이 흘렀을까? 빈속에 마신 술 때문인지 나도 앉은 채로 깜빡 졸았던가 보았다. 비닐 포장을 때리는 빗소리에 나는 잠에서 깨어 났다. 주위를 둘러보니 가게를 보는 아주머니만 TV를 틀어놓은 채 꾸벅 꾸벅 졸고 있을 뿐, 아무도 없었다. 저쪽 테이블에 있던 남녀도 돌아간 모양이었다. 화장실에 간 그 사람의 모습도 보이지 않았다. 나는 시계를 들여다보았다. 9시가 넘어있었다. 대체 언제쯤 그가 화장실에 갔는지 알 수 없었다. 또 내가 얼마나 잤는지 알 수 없었다. 아주 잠깐 잔 것 같았는 데 마치 수십 년의 세월이 흘러간 것처럼 느껴졌다. 술기운 때문인지 머리가 몹시 아팠다.

나는 눈을 감았다. 다시 비닐 포장을 때리는 빗소리가 들려왔다. 어디선가 새어 들어오는 바람이 내가 앉아 있는 공간을 휘돌다가 한기를 뿌리며 흩어졌다. 나는 웃옷을 여미기 위해 잠시 눈을 떴다. 주변은 여전히 정적이 감돌 만큼 고요했다. 나는 다시 눈을 감았다. 오랫동안 잠을 자지 못했던 사람처럼 길고 긴 졸음이 몰려오기 시작했다.

눈은
내리고

그녀는 몇 시간 째 창밖을 바라보고 있었다. 어제저녁부터 시작된 눈은 아침이 되어도 그칠 기미가 보이지 않았다. 그녀는 가슴까지 끌어올려 껴안고 있던 다리를 내려뜨리고, 등을 뒤로 젖힌 후 팔을 소파의 팔걸이에 올려놓았다. 온몸의 힘이 다 빠져나가는 듯이 몸이 축 늘어졌다. 그녀는 자신이 언제부터 그런 자세로 있었는지 생각해 보았다. 지난밤 언제쯤부터였던 것 같았다. 새벽녘에 잠깐 잠이 들었다가 깬 후 그녀는 지금까지 웅크린 자세로 창밖만 쳐다보고 앉아 있었다. 자세가 몹시 불편했지만 오히려 그게 편했다. 그것은 오랫동안 자신을 학대하던 일종의 습관 같은 것이었다. 몸이 힘들면 정신이 덜 힘들어지는 듯한 느낌 때문이라고나 할까. 그녀는 자신도 모르게 체념 섞인 한숨을 푸욱 내쉬었다.

애초에 휴가를 이렇게 보낼 생각은 아니었다. 그것은 벌써 너무도 오래전의 일이었고 모든 일은 기억 속에서 지워졌다고 그녀는 생각하고 있었다. 그녀는 처음부터 기억을 되살리는 일의 무모함을, 그것이 가져올 구체적 결과를 알고 있었다. 그렇지만 그녀의 계획대로였다면 눈이 오지 말았어야 했다. 그녀는 눈을 감고 몇 번 깜빡거린 후 다시 떴다. 이모는 명절도 끼어있고 해서 일주일 동안 가게를 닫을 거라면서 어디 여행이라도 다녀오라고 말했다.

그녀는 강원도 쪽에 다녀올 생각으로 계획을 세웠다. 휴가계획을 짤 땐 눈이 온다는 이야기는 없었다. '모든 것은 빗나간 일기예보 때문이다. 어느 누구도 예상하지 못했던 폭설 때문이다. 그렇다. 그를 만났을 때 내린 눈 때문이다. 어느 순간 그가 내 마음속으로 들어와 버린 것도 모두 눈 때문이다. 아직도 내 마음을 온통 차지하고 있는 것도 그칠 줄 모르고 내리고 있는 저 눈 때문이다.' 그녀는 다시 눈길을 창 쪽으로 주었다. 눈발은 가늘어지지도 굵어지지도 않고 사분의사박자, 보통 빠르기의 노래처럼 여전히 내리고 있었다.

민경이 다녀간 것은 어제 오후의 일이었다. 하지만 그녀는 민경이 다녀가고 나서도 평정심을 유지할 수 있었다. 민경이 뱉어낸 충격적인 이야기에 마음이 흔들리지 않을 수 있었고 그런 자신에 대해 스스로 대견해하고 있었다. 민경은 자리에서 일어서면서 중얼거리듯 말했었다. "난 니가 마음에 두고 있는 사람이 그 남자인 것 같아서 이야기한 건데 아니면 정말 다행이다 얘." 급한 일이 생겼다는 표정을 보이며 찻집에 민경을 남겨두고 가게에 돌아와서도 그녀는 담담히 하던 일을 계속할 수 있었다. 그리고 모처럼 주어진 일주일의 휴가 계획을 차근차근 세운 후 마트에 들러 세심하게 장까지 보아서 돌아왔던 것이다. 예측하지 못한 일은 그녀가 차에서 내려섰을 때였다. 그녀가 집 앞 골목에 있는 주차장에 차를 댄 후 차 문을 열었을 때 눈이 내리기 시작했던 것이었다. 그것은 일종의 전조처럼, 마치 운명 교향곡의 첫 동기처럼 되풀이해서 심화되면서 점차 그녀의 기분을 헝클어놓기 시작했다. 그녀는 못 볼 것을 보았다는 태도로 급히 차 문을 잠그고 시장바구니를 챙겨 집으로 들어왔다. '잠시 오다가 그치겠지.' 그녀는 심란해지려는 마음을 가다듬기 위해 일부러 눈길을 창 쪽으로 주지 않으면서 가방을 꾸리기 시작했다. 그리고는 평소에 기분이 나쁠 때면 하던 습관대로 재빨리 명랑한 곡의 노래를 생각해 내어 흥얼거리기 시작했다. 일주일 동안 묵으려면 이것저것 챙겨야 할 것이 많았다. 짐 챙기는 일 때문에 기분이 좀 좋아진 그녀는 문득 현관문을 열어 보고 싶은 충동이 일었다. 그녀는 망설이다가 문을 열었다. 하늘은 쏟아져 내리는 눈으로 온통 하얗게 덮여 있었다. 올겨울 들어 처음 내리는 눈이었다. 그녀는 천천히 문을 닫고 창가 쪽으로 가서 창문을 열어보았다. 거기서도 눈은 하늘이 비좁을 정도로 퍼붓고 있었다. 폭설이었다. 운명 교향곡은 도입 부분을 지나 이제 전개 부분으로 나아가고 있었다. 그녀는 갑자기 모든 것이 지금의 이 순간에서 비디오의 일시 정지 버튼처럼 눌러져 버렸으면 싶었다. 그러면 그녀의 기억들도 희미해져 있는 상태로 정지되어 다만 아름다웠다는 느낌으로 남겨질 터였다. 그녀는 이제 그 기억에서 자유로워지고 싶었다.

민경은 동호회 활동을 하면서 알게 된, 그녀의 가까운 친구였다. 민경은 그녀도 얼굴을 알고 있는, 동호회 활동을 같이 하던 선배를 3년째 쫓아다니고 있었다. 민경의 말로는 서로 좋아한다는 것이었지만 그녀가 보기엔 민경이 일방적으로 쫓아다니는 것으로 보였다. 그것도 그럴 것이 그 선배는 동호회 내에서만도 또 다른 여자 회원들과의 그렇고 그런 수상쩍은 여러 소문들을 끌고 다니는 인물이었다. "이런 저런 사람들과 사귈 수 있지. 꼭 한 사람과만 사귀어야 된다는 법칙 있니? 난 그런 것은 괜찮아. 물론 같은 동호회라서 상대 여자의 얼굴을 나도 알고 있어서 기분이 썩 좋은 건 아니지만, 그 정도 감수할 만큼 그 오빠는 매력이 있거든" 사실 그녀가 보기에도 민경이 좋아하는 그 형은 상당한 매력이 있긴 했다. 그래도 그녀는 여자들과 이런저런 소문을 내는 사람은 싫었다. 어쩌면 그래서 그녀는 2년 전부터 가슴에 담아두었던 사람에게 가까이 가지도 못하고 떨쳐내지도 못한 채 이러고 있는지도 몰랐다. 사람의 마음은 스스로도 통제할 수가 없는가 보았다. 그녀의 가슴 속에 들어온 그 사람은 아무리 해도 그녀 밖으로 나가지 않았다. 그렇다고 그녀로 하여금 어떤 행동을 하게 하지도 않았다. 그건 그녀의 우유부단한 성격 때문인지도 몰랐다. "넌 그 성격 때문에 연애도 한번 제대로 화끈하게 못하고 아까운 젊은 시절 다 보내겠다." 민경은 자신과는 정반대인 그녀에게 틈만 나면 비꼬듯이 그런 말을 해대곤 했었다.

"나 다음 주 일요일에 그 오빠랑 약혼식 올리기로 했어."

갑자기 툭 말을 내뱉은 민경이 마치 그동안의 오랜 투쟁의 전리품을 내보이기라도 하듯 뽐내는 눈빛을 하며 그녀를 바라보았다. 그녀는 민경의 말이 잘 믿기지 않았다. 최근 그녀는 민경과 약혼식을 한다는 사람에 대한 이상한 소문을 또 들은 바 있었다. 그녀와 좀 친한 동호회 회원 한 명이 며칠 전에 그녀에게 전화를 했고 이런저런 수다 끝에 엄청난 비밀이라도 말하듯 그 남자가 동호회의 신입 여회원이랑 둘이서 찻집에 있는 것을 봤다는 이야기를 했던 것이었다. 그녀는 그럴 수도 있는 것 아니냐고 대수롭지 않게 넘기려고 했는데 이야기를 전한 사람은 절대 그런 느낌이 아니었다며 목소리를 높이는 것이었다. 늦은 시간이었고 마주 보고 앉은 것도 아니고 옆에 딱 붙어 앉아 있었다는 것이었다. 그녀는 하마터면 민경이와 그 남자가 사귀고 있는 중이라고 말할 뻔했다. 민경은 늘 그 남자가 자신을 열렬히 사랑하고 있다고 확신하고 있었기 때문이었다. 자신을 열렬히 사랑하고 있다는 남자가 밤늦은 시각에 카페의 구석자리에서 딴 여자와 딱 달라붙어 앉아있었다고 한다면 민경은 대체 어떤 표정을 지을지 그녀는 궁금하고 걱정스러웠던 것이다. 자신의 말을 선뜻 받아들이지 않는 그녀를 보고 민경이 다시 한번 툭 내뱉듯이 말했다.

"오빠를 너무 사랑하기 때문에 바람기를 인정해 주기로 했어. 일정한 시기에 꼭 한 사람만 바라보고 사랑해야 한다는 법칙이 있는 건 아니잖아. 다만 내가 필요로 할 때 나한테 와주면 되는 거 아니니? 난 나하고 같이 있을 때의 그를 사랑하는 거니까. 나랑 같이 있지 않을 때의 그에겐 완전한 자유를 주고 싶어. 그리고 자유를 준다면 그가 그 시간에 어떤 행위를 하든 상관할 필요가 없다고 생각해."

그녀는 민경의 말이 맞을지도 모른다는 생각을, 어쩌면 민경의 생각이야말로 가장 합리적인 것이 아닐까 생각해 보았다. 민경은 꽤 부유한 집안의 딸이었다. 그렇다고 상대 남자가 그녀의 재산을 보고 약혼을 할 정도까지는 아니었다. 그녀는 머리를 흔들었다. 복잡하게 생각할 것은 별로 없었다. 그냥 자신은 축하만 해주면 될 터였다. 다만 지금 그녀가 이렇게 편안한 감정이 아닌 것은 친구로서 민경에 대한 걱정 때문이었다. 그 남자의 바람기를 인정해준다는 민경의 생각이 그녀에게는 위험하게 느껴졌다.

"약혼하고, 또 결혼하고 나면 달라지겠지. 안 달라지면 또 어때. 나도 같이 바람피우고 살면 돼지 뭐."

민경은 그녀의 눈 속에 들어있는 걱정을 덜어내기라도 하듯 시원시원하게 결론을 맺어주었다. 그 모습은 마치 수학 공식에 맞추어 푼 문제의 답을 이야기하듯 매우 간단하고 명쾌한 일이라는 태도였다. 그러면서 민경은 갑자기 화제를 바꾸어 말했다.

"너도 그 오빠한테 좀 적극적으로 행동해 봐. 벌써 몇 년째 그렇게 속에만 담아두고 있을 거니? 그러다 다른 사람이 채가면 어쩔려구 그래? 아니 벌써 채갔는지도 모르지. 대체 어떤 사람이니? 누군지 말해 봐. 내가 좀 어떻게 해보자. 우리 동호회 사람이니?"

그녀는 민경에게조차 그에 관해 이야기한 적이 없었다. 그냥 누군가를 마음에 담아두고 있다는 정도만 이야기했을 뿐이었다.

"혹시 그 우리 동호회에 아주 가끔 나오는, 키 크고 눈썹 좀 진하고 클라리넷 분다는 그 사람 아니니? 그 사람 운영자 소개로 들어왔다고 하던데? 그런데 늘 같이 다니는 여자가 있는 것 같던데? 그 여자도 아마 우리 동호회 회원일걸."

"늘 같이 다니는 여자? 어떻게 생긴?"

"그 왜 있잖아, 얼굴 좀 가무잡잡하고 키 작고 통통한 여자."

"나 전화가 와서 가게에 다시 가봐야 되거든."

"아니면 정말 다행……."

그녀가 갑자기 몸을 일으키는 바람에 민경이 하던 말을 멈추고 엉거

주춤 따라 일어섰다. 그녀는 서둘러 계산을 끝내고 약혼식엔 꼭 참석하겠다는 말을 남긴 채 찻집을 나섰다. 밖으로 통하는 카페의 문을 나설 때 그녀의 머리 뒤로 그에게 늘 같이 다니는 여자가 있는 것 같다는, 그리고 그 여자는 얼굴이 가무잡잡하고 키가 작고 통통한 여자인 것 같다는 민경의 말이 메아리처럼 따라왔다.

그녀는 몸을 다시 한번 뒤척여 자세를 고쳐 앉았다. 팔을 팔걸이에 걸친 채 다리를 끌어올려 무릎을 굽힌 후 소파 끝에 발뒤꿈치를 걸치고 앉았다. 창밖을 쳐다보았다. 눈은 조금 아까보다 속도가 빨라져 있었다. 그녀는 문득 눈을 들어 시계를 찾았다. TV와 카셋트와 책들이 꽂혀있는 수납장 안에 놓여 있는 시계들은 일제히 멈추어 있었다. 그녀는 눈을 감았다가 다시 크게 떠보았다. 시계들은 여전히 멈추어 있었다. 그녀는 그 시계들을 차근차근 살펴보기 시작했다. 그를 알게 된 후 어느 날부터인가 그녀는 시계를 사서 모으는 버릇이 생겼다. 처음 산 시계는 윗부분에 빨간색 동글납작한 종이 양쪽으로 달려 있고 숫자가 써 있는 바탕 가운데에 팔분음표가 깜찍하게 그려져 있는 탁상시계였다. 팔분음표는 여러 종류의 음표와 쉼표 중에서 그녀가 가장 좋아하는 음표였다. 그녀는 그 팔분음표를 그라고 생각했다. 한참 들여다보면 정말 그 음표는 그와 닮았다는 생각이 들곤 했다. 그녀는 그가 보고 싶을 때 그 시계 속의 음표를 들여다보는 버릇이 생겼다.

그를 처음 만난 곳은 인사동의 어느 카페였다. 동호회의 첫 오프라인 모임이었다.

"저 혹시 데이님이신가요?"

약속 시간보다 일찍 도착한 그녀가 카페에 들어서서 주변을 둘러보며 서 있는데 안쪽 창가 쪽에서 키가 훌쩍 큰 어떤 남자가 그녀에게 다가오며 나지막한 소리로 말을 걸어왔다.

"네, 맞는데 누구신지? 아 혹시?"

"맞아요. 전 뮤즈라고 클라리넷 불고, 곡도 가끔 쓰고요. 데이님, 제가 제대로 잘 맞췄군요. 정말 꼭 한번 뵙고 싶었는데, 역시 상상했던 대로 아름다우신 분이군요. 이쪽으로 오세요. 아직 아무도 안 왔네요. 늦더라도 다들 오긴 할 텐데."

그녀를 만나서 그런지 아니면 원래 그런지 그는 낮지만 빠른 어조로 거침없이 이야기를 풀어나갔다. 그는 싱글벙글 웃고 있었다. 그녀는 초면이라 딱히 무슨 말을 해야 할지 몰라 머뭇거리며 잠깐 그를 쳐다보았다가 탁자에 눈길을 준 채 고개를 숙이고 앉아 있었다. 그래서 그 모습은 마치 맞선을 보러 나온 여자처럼 보였다.

"고개 좀 들어보세요? 왜 그렇게 수줍어하세요? 제가 마음에 드십니까? 저를 보자마자 한눈에 반하셨군요? 그렇게 부끄러워하시니까 조선

시대에 사시다가 잠깐 나들이 나오신 분 같으세요. 하하."

그는 활달하게 웃으며 고개를 그녀 쪽으로 들이밀었다. 초면인데도 자연스럽게 농담을 하는 그의 모습에 그녀는 귓불까지 빨갛게 되었고 더욱 고개를 숙였다.

"어, 농담인데? 진짜 얼굴이 빨갛게 되셨네? 그런데 뭐 전공이세요?"

"전 그냥 음악을 좋아해서 가입하게 됐어⋯⋯."

자신감 넘치는 그의 태도와 비교되어 그녀는 자신이 몹시 작아지는 느낌이 들었다. 그녀의 목소리는 들릴락말락하다가 끊어졌다.

"음표 중에서 어떤 음표를 제일 좋아하세요? 쉼표도 포함해서요."

한 번도 생각해 보지 않았던 질문에 그녀가 당황해하고 있는데 그가 다시 말했다.

"음표와 사람을 비교해 본다면 데이님은 자신이 어떤 음표와 가장 비슷하다고 생각하세요? 아, 그런 생각 별로 안하시나요? 전 그런 생각 좀 하거든요. 제 주변에 있는 사람들을 음표라고 생각하고 그 사람들을 오선 위에 올려놓는 거예요. 그럴 때의 저는 늘 팔분음표가 되죠. 그리고 어떤 주제를 주거나 그림을 보여주었을 때 그들이 어떤 모습들을 보일까 상상해보죠. 가끔은 그런 상상을 하면서 곡을 쓸 때도 있어요. 물론 별로 근사한 곡은 못되지만요. 이런, 저만 계속 말하고 있군요. 왜 이러죠? 평소의 저는 별로 안 그런데. 저를 완전 수다쟁이 남자로 생각하시겠어요? 하하."

말을 재미나게 하는 그와 앉아 있으려니 시간이 금방 흘러갔다. 늦게라도 온다던 다른 회원들은 여덟 시가 지나도록 나타나지 않고 있었다. 그들은 저녁을 시켰고 그는 여전히 이런저런 농담을 섞어가며 이야기를 이끌어나가고 있었다. 그래서 그녀는 그가 마치 오래된 친구 같다는 착각이 들었다. 시간이 더 흐르자 그녀는 그가 다정한 연인처럼 느껴졌고 카페 문을 열고 거리로 나섰을 땐 하마터면 자신도 모르게 그의 팔짱을 낄 뻔했다.

"전 이쪽 방향으로 가는 전철을 타는데 어느 쪽으로 가시나요?"

전철역에 도착했을 때 전철 노선도가 그려진 안내판을 올려다보며 그가 말했다. 순간적으로 자신이 어느 쪽으로 가야 하는지 잊어버린 그녀가 멍한 표정을 지으며 주변을 두리번거리자 그는 얼굴에 씽긋 웃음을 짓더니 말했다.

"아마 저와 반대편으로 가셔야할걸요. 사시는 동네가 그쪽인 것 같거든요. 아, 어쨌든 승강장이 양쪽으로 있으니 거기까지는 같이 가도 되겠군요."

그녀는 깜짝 놀랐다. 조금 전에 그와 나누었던 이야기를 생각해보았다. 이런저런 이야기를 많이 했지만 자신의 신상, 특히 사는 곳에 대한 이야기는 하지 않았다. 생각해보니 그는 이야기를 많이 했지만 꼭이 그녀와만

나눌 수 있는 이야기를 했다기보다는 누구하고라도 부담 없이 나눌 수 있는 이야기를 했던 것 같았다. 어떻게 제가 사는 곳을 아세요? 그녀가 이 말을 하려는 순간 그가 먼저 말했다.

"우연히 회원 정보에서 보게 되었어요. 아주 친한 친구가 거기서 드럼 학원을 하거든요. 그래서 잊어버리지 않은 거죠. 아, 말 나온 김에 전화나 한번 해볼까?"

그는 그녀의 얼굴을 쳐다보지도 않은 채 바지 뒤 호주머니에서 핸드폰은 꺼내더니 꾹꾹 번호를 눌렀다. 그녀는 웬일인지 초조해졌다. 그러는 사이에 그녀가 타고 갈 방향의 전철이 와서 멈추었다. 그는 여전히 전화를 하고 있었다. 그녀는 잠시 망설이다가 노크라도 하듯 그의 팔을 톡톡 쳤다. 그가 전화기를 귀에 대고 뭐라고 말하면서 그녀 쪽을 쳐다보았고 그녀는 얼른 손을 흔들어 보이고는 승강장 쪽으로 걸어가 전철을 탔다. 곧 문이 닫힐 거라는 방송이 흘러나왔다. 그는 그녀 쪽을 바라보면서 계속 전화를 하고 있더니 갑자기 그녀를 향해 뛰어오기 시작했다. 문은 이미 절반 이상 닫히고 있는 상태였다. 마지막 순간에 그가 들고 있던 손가방을 출입문 사이에 들이밀었고 문은 다시 천천히 열렸다가 닫혔다. 어느 틈엔가 그는 그녀 옆에 서 있었다.

"친구가 자기 동네로 오라네요. 오랜만에 한잔하자고. 마침 내일이 토요일이라 쉬는 날이니까 잘됐어요. 데이님도 저랑 같이 가시죠. 제 친구

소개해 드릴게요. 저보다 열 배 스무 배는 잘 생겼죠. 남자답게 성격도 시원시원하고 목소리도 굵어서 듣기 좋고요. 사실 전 목소리가 좀 가늘어서 남자답진 못하죠? 하하."

그는 다시 아까 카페에서 그랬던 것처럼 자연스럽게 이야기를 이끌어 나갔고 그녀는 다시 그의 팔짱을 끼고 싶은 생각이 들었다. 그의 친구는 그녀가 내리는 역에 살고 있었다. 그녀는 그가 친구를 만나는 자리에 끼고 싶은 생각이 없었지만 자신이 살고 있는 동네라 하니 별 부담은 되지 않을 것 같았다. 그가 하는 말은 농담처럼 느껴지기도 했지만 딱 거절하기 어려운 점도 있었다. 사심이 없이 그저 호의를 가지고 하는 말이라는 느낌 때문이었을까. 그녀는 일단 전철에서 내려서 다시 결정하자고 속으로 생각했다. 몇 시간 동안 만난 사이일 뿐인 그는 이제 다정한 연인처럼 그녀 곁에 서서 이런저런 이야기를 하고 있었다.

그들이 전철에서 내려 지상 출입구로 나왔을 때 뜻밖에도 눈이 내리고 있었다. 겨울이었지만 저녁때만 해도 그리 춥지 않았고 날씨도 맑은 편이라 전혀 예상을 하지 못한 일이었다. 눈발은 꽤 굵었다. 눈이 오기 시작한 지 한참 되었는지 도로 주변엔 눈이 쌓여 있었고 도로 중심은 눈이 녹은 물로 젖어서 번들거리고 있었다.

"와, 눈이 오네요. 첫눈인데요."

그녀는 자신도 모르게 크게 소리를 질렀다.

"엄청 좋아하시네요. 목소리가 작으신 줄 알았더니 제가 잘못 봤나 본데요. 그렇게 말씀하시니까 훨씬 좋아 보이시네요. 때론 감정을 절제하지 않은 채 그대로 내보이는 것이 인간적으로 느껴질 때가 있거든요. 제가 너무 오바했나요? 초면인데."

그녀는 그의 말투가 갑자기 가라앉았다고 생각했다. 그녀는 순간적으로 그가 매우 낯선 타인처럼 느껴졌다. 그를 향해 조금 열리려던 마음의 문을 닫기 위해 그녀는 목을 웅크렸다.

"잠깐만요. 전화 좀 다시 해보고요. 그 녀석 집이 이 근처거든요."

그가 전화를 하기 위해 다시 핸드폰을 열었다. 그녀는 잠시 망설였다. 특별히 집에 일찍 들어가야 할 이유가 있는 것은 아니었다. 하지만 초면인데 필요 이상으로 친밀해지는 것 같아 별로 내키지 않았다. 그것도 늦은 시간이었다. 그녀는 손목시계를 들여다보았다. 열 시가 다 되어가고 있었다.

"금방 나온다네요. 우리 저쪽에 있는 집으로 들어갑시다."

그가 오른손으로 길 아래편으로 보이는 삼겹살집 간판을 가리키면서 그녀에게 말하더니 뚜벅뚜벅 앞서서 걷기 시작했다. 그녀는 미처 어찌할 틈도 없이 그를 따라갈 수밖에 없었다.

그녀는 소파 위에 올려놓았던 손을 들어 허공에서 쫙 펴본다. 열 개의 손가락을 하나씩 천천히 굽혔다가 펴본다. 이번에는 조금 더 빨리, 오른손은 엄지손가락부터 구부리고 왼손은 주먹을 쥔 후 새끼손가락부터 차례대로 펴 본다. 몇 번 반복하고 나서 왼손과 오른손을 바꾸어서 굽히고 펴 본다. 허공에 오선이 그려지고 높은음자리표가 그려진다. 몇 박자의 곡으로 할까? 그녀는 허밍으로 소리를 내며 템포를 생각해 본다. 그녀가 좋아하는 곡들은 주로 느리고 서정적인 팔 분의 육박자의 곡들이다. 그녀는 문득 미소를 짓는다. 그는 주로 빠른 곡들을 좋아했다. 아니 천천히 생각해 보면 그건 다만 몇 번 만났던 그의 느낌에 기초한 그녀의 상상일 뿐이었다. 빠른 곡들은 대부분 활기차고 즐겁다. 그녀는 조그맣게 한숨을 내쉰다. 언제부터 자신의 인생이 느리고 슬픈 팔 분의 육박자의 단조곡처럼 되었을까? 라고 그녀는 생각해 본다. 빠르고 경쾌한 박자의 장조곡을 많이 들으면 나의 인생도 그렇게 밝고 즐거워질까? 라고 또 그녀는 생각해 본다. 그녀는 허공에 든 손으로 이번에는 하나둘셋 박자를 저으며 지휘를 해 본다. 지휘에 맞추어 노래를 불러본다. 자신의 목소리가 마치 리코더 소리 같다고 생각한다. 눈이 온 날 나뭇가지 위에서 지저귀는 새소리 같은, 소프라니노 같은 소리.

초등학교 때의 선생님 때문에 리코더를 좋아하게 되었다. 어머니의 죽음으로 그녀의 어린 시절은 늘 우울했다. 그 또래의 아이들이 몰려다니며 이런저런 놀이를 하며 놀 때 그녀는 창가 구석 자리에 앉아 그림만 그렸다. 가끔 짓궂은 아이들은 그녀가 그린 그림을 가져다가 교실 뒤편에

다가 몰래 압정을 눌러 붙여놓곤 했다. 반 아이들은 지나다니며 그 그림을 보곤 키득키득 웃으며 그녀를 흘금거렸고 이상한 아이라고 수군거리곤 했다. 그런 아이들의 행동에 그녀는 무 반응했다. 그저 다른 공책을 꺼내 다시 그림을 그렸다. 그런 그녀에게 어느 날 담임선생님은 리코더를 쥐어주며 말했다.

"그림 그리는 거 지루할 땐 이걸 불어 봐. 음악 시간에 배웠겠지만, 이렇게 잡고 손가락을 하나씩 떼면 다른 소리가 나지? 소리마다 조금씩 느낌이 틀리잖아? 소리들이 이어지면 또 느낌이 다르지? 니 마음이 즐거워지는 소리들을 만들어봐. 그리고 여기 이 악보도 좀 보면서 차근차근 불어보고."

그녀는 그림 그리는 일이 지루하지는 않았지만 선생님이 주신 리코더를 불어보게 되었고 재미를 붙였다. 그녀는 울적할 때마다 리코더를 불었고 어떤 날은 교실에 늦게까지 남아서 오르간을 치기도 했다. 그런 날들은 중학교에 올라가서도 계속되었다. 고등학교에 올라가자 음악 선생님은 그녀의 재능을 알아보아 주었다. 대학을 갈 때가 되자 그녀는 음대를 가고 싶다는 생각이 들었다. 아버지는 펄쩍 뛰며 반대했다. 새어머니도 아버지의 편을 들었다. 그녀는 아버지가 출장을 간 사이에 편지를 한 장 써 두고 집을 나섰고 서울행 기차에 몸을 실었다. 기차 안에서 그녀는 이모가 살고 있다는 동네의 이름을 여러 번 중얼거리며 가슴에 새기고

새겼다. 이모는 큰 꽃집을 운영하고 있었다. 그녀는 이모의 가게에서 일하게 되었다. 숙식은 우선 꽃집에 딸려있는 작은 방에서 해결했다. 이모네 집에 남는 방이 있었지만 그녀가 사양했다. 처음 얼굴을 본 이모부도 불편했고 비슷한 또래의 사촌들과 비교되는 자신이 싫었기 때문이었다. 가게에서 일한 지 2년쯤 되었을 때 이모는 화원에서 얼마 떨어지지 않은 주택에 방 한 칸을 얻어주었다. 그 집은 이모의 친구 집이었다. 방이 한 칸이긴 했지만 널찍한데다 작은 부엌도 딸려있고 대문으로 통하는 계단이 따로 있어서 거의 별채와 다름이 없었다. 이모네 집에서 쓰지 않는 가구와 부엌살림들을 가져다 대충 꾸며놓으니 그런대로 아늑했다. 이모는 자상하게 사촌이 쓰던 책상과 노트북 컴퓨터까지 챙겨주었다. 그녀는 매일 매일 말없이 일했다. 화가 날 때면 일을 만들어서 더욱 열심히 했다.

그녀는 소파에서 조금 몸을 고쳐 앉았다. 그리고 시계 쪽에 주었던 시선을 거두어 창밖을 바라보았다. 눈은 여전히 내리고 있었다. 아까보다 속도도 빨라지고 눈송이도 커진 것 같았다.

이사를 한 날 저녁 이모는 집에 일이 있다며 일찍 돌아갔다. 이모가 돌아간 방에서 그녀는 덩그러니 혼자 앉아 있다가 갑작스레 무슨 생각이라도 난 듯이 컴퓨터를 켰다. 그리고 그를 만났던 그 동호회에 가입했다. 인사동에서 그를 처음 만난 것은 그로부터 6개월 정도 후의 일이었다. 채팅으로 그와 안면이 있었고 다른 회원들도 몇 명 알게 된 상태였다. 대학 진학 문제는 유보되었다. 그 사이 아버지가 하던 사업이 잘되어 집안 사정은 많이 좋아진 상태였다. 하지만 아버지는 역시 음대 진학을 반대했다. 돈이 너무 많이 들고, 졸업 후에도 똑똑한 직장 구하기가 쉽지 않다는 게 그 이유였다. 그녀는 어찌할지 모른 채 그냥 시간을 보냈다. 하루 종일 꽃집에서 일하다 보면 시간이 금방 흘러갔고 모든 것을 잊을 수 있었다.

그녀는 소파에서 몸을 일으켜 창 쪽으로 다가가 창문을 열었다. 길거리엔 어젯밤부터 지금까지 쉬지 않고 내린 눈이 수북이 쌓여 있었다. 눈은 여전히 쏟아져 내리고 있었다. 그녀는 수납장 안에 놓여 있는 시계를 쳐다보았다. 시계는 여전히 멈추어 있었다. 그녀는 핸드폰을 찾아서 시간을 보았다. 오후 3시가 조금 넘어 있었다. 그녀는 수납장에 놓여 있던 시계들을 꺼내어 시간을 맞추기 시작했다. 일곱 개의 시계를 다 맞추고 난 후 시계들을 다시 제 자리에 올려놓고 그것들을 바라보았다. 시계들은 일제히 움직이기 시작했다. 그녀는 그제야 자신이 어제저녁부터 아무것도 먹지 않았다는 생각이 들었다. 그녀는 서둘러 냉장고를 열고 음식들을 꺼내기 시작했다. 김치 통에서 김치를 한 포기 꺼내어 도마에 올려놓고 보기 좋게 썰어 접시에 담았고 가스레인지를 켜고 프라이팬을 올려놓은 후 기름을 둘러놓았다. 곧 프라이팬이 뜨거워졌고 그녀는 냉장고에서 계란을 두 개 꺼내어 도마에 대고 톡톡 두드린 후 금이 간 부분을 손으로 갈라 프라이팬에 떨어뜨렸다. 직직거리며 계란이 익는 냄새가 그녀의 코를 자극했다. 갑자기 배가 몹시 고팠다. 입 안 가득 침이 고였다. 냉장고 속을 살펴보니 오래전에 먹다 남은 찬밥이 보였다. 꺼내어 냄새를 맡아보니 쉰 것 같지는 않았다. 그녀는 찬물로 그것을 한 번 헹구어 낸 후 전자레인지에 넣고 돌렸다. 식탁은 금세 김이 오르는 밥과 식욕을 돋우는 김장김치와 고소한 계란 프라이로 가득 채워졌다. 그녀는 허겁지겁 밥을 먹기 시작했다. 오래되긴 했지만 밥은 그런대로 먹을 만했다.

"이 묵은지 좀 드셔보세요. 이게 보긴 이래도 맛이 있는데요. 제가 먼저 먹어봤으니깐 안심하고 드셔도 됩니다."

얼떨결에 그를 따라 들어간 삼겹살집에서 그가 젓가락으로 묵은지를 집더니 불쑥 맞은편에 앉아 있던 그녀의 밥그릇에 올려놓았다.

"야, 임마. 왜 나한테는 안 올려주고, 사람 차별하기냐?"

그들이 밖이 훤히 내다보이는 유리문 옆으로 자리를 잡고 앉았을 때 반가운 표정으로 나타난 그의 친구가 심술 가득한 눈으로 그를 째려보며 말했다. 유리창 너머로 눈이 내리는 바깥 풍경이 그대로 내다보였다.

"너는 임마, 열 손가락 다 멀쩡한데 왜 내가 그걸 해주냐?"

그녀는 자신도 모르게 무릎을 짚고 있던 두 손을 내려다보았고 손이 정상이라는 말을 하려고 고개를 들었다.

"아아, 또 우리 순진한 데이님께서 한 말씀 하시려구 하시네. 그저 조크입니다. 조크. 어디 말 나온 김에 손 한 번 봅시다. 야, 임마. 너도 손 좀 이리 내밀어 봐."

셋은 동시에 손을 내밀었다.

"손이 참 이쁘시네요. 손가락이 길어서 피아노 치면 아주 잘 치시겠는데요?"

"임마, 내 손은 마당쇠 손 같이 생겼다. 생긴 거야 어쨌든 기능은 좋으니까 드럼치기에 아무 지장 없다."

"제 손은 어떻습니까? 흠흠"

그는 아주 아름다운 손을 가지고 있었다. 길고 적당히 통통한 손가락이 훤칠하게 큰 키와 잘 어울린다고 그녀는 생각했다. 짙은 눈썹과 쭉 곧은 콧날로 다소 날카로운 인상을 주었지만 시원시원한 말투가 그런 느낌을 밀어내고 처음 만난 사람에게도 친근감을 주었다. 거침없고 사심 없는 행동들은 농담과 섞여서 부드러운 친절로 느껴졌고 평범 이상의 친밀감을 가지게 했다. 어쩌면 그는 대부분의 여자들이 좋아하는 스타일인 것 같았다.

"이 새끼 이거 순 바람둥입니다. 넘어가지 마십시오. 이 녀석 누구한테나 이렇게 다정하게 군다니까요. 야, 그러니까 넌 맨 날 스캔들에 휘말리는 거야."

그의 친구가 그에게 질투어린 시선을 보내며 농담처럼 말했다. 그녀는 그들의 우정이 보기 좋다고 생각했다. 그러자 순간 자신이 몹시 고독하게 느껴졌다.

"말 나온 김에 우리 손이나 서로 한 번 잡아봅시다."

그가 그녀의 손을 잡았다. 그리고 그의 친구가 그의 손위에 자신의 손을 올려놓았다. 그녀의 손이 그의 손안에 들어있었다. 그의 손은 부드럽고 따뜻했다.

그녀는 식탁에서 몸을 일으켰다. 그릇들을 대강 개수대에 가져다놓다가 갑자기 그녀는 현관으로 몸을 돌렸다. 신발을 신으면서 수납장 안의 시계를 보니 5시가 다 되어가고 있었다. 밖은 벌써 어둠이 내리고 있었다. 겨울이라 해가 빨리 떨어졌다. 그녀는 현관 입구에 있는 우산을 집어 들고 걸음을 빨리하면서 대문으로 통하는 계단을 걸어 내려갔다. 거리는 온통 눈으로 하얗게 덮여 있었다. 어둑어둑해지는 거리에 드문드문 사람들이 걸어가고 있었다. 눈은 여전히 내리고 있었다. 그녀의 머리에 금방 눈이 쌓였다. 그녀는 머리를 흔들어 눈을 털어내고 코트에 달려 있는 모자를 쓴 후 우산을 펴서 썼다. 그녀 옆을 지나가던 사람 하나가 멈추어 서서 우산을 펴서 쓰고는 다시 걸어가기 시작했다. 그녀는 성당이 있는 쪽으로 발길을 돌렸다. 동네 군데군데 언덕 같은 야트막한 산들이 있었다. 그곳들은 그린벨트로 지정해 놓아서 더 이상 건물들이 들어설 수 없는 지역이었다. 성당은 그린벨트로 묶인 야산이 끝나는 지점에 있었다. 그녀의 집에서 그곳까지 가려면 작은 삼거리를 지나서 축대를 끼고 걷다가 다시 작은 사거리에서 신호등을 한 번 건너야 되었다. 여름이면 성당으로 이어지는 그 길가에 늘어선 플라타너스들이 울창한 트리터널을 만들어 아름다운 풍경을 볼 수 있는 곳이기도 했다. 이제 앙상한 가지 위엔 눈이 수북수북 쌓여 있었다. 야산과 도로가 이어지는 부분엔 높은 축대를 쌓아놓았다. 축대의 윗부분에선 겨울에도 푸른색을 간직하는 덩굴식물들이 늘어져 있었는데 그 푸른 잎들 위로도 눈이 쌓여 온통 하얀색으로 변해 있었다. 축대는 점점 낮아지다가 성당의 입구로 통하는 길목으로 이어져 있었다. 그 길에서는 성당에서 일하는 아저씨인 듯한 사람이 눈을 쓸고 있었다. 눈은 워낙 많이 내려서 쓸어도 금방 다시 쌓이곤 했다. 미처 쓸지 못한 도로엔 눈이 그대로 쌓여 있었다. 그녀가 뒤를 돌아보니 자신이 걸어왔던 곳에 작은 발자국들이 찍혀 있었다.

어느 날인가 그와 이 길을 걸었던 적이 있었다고 그녀는 생각했다. 그녀는 눈을 깜빡거리며 다시 그 어느 날을 생각해보았다. 그를 처음 만났던 날 같기도 하고 몇 번을 더 만났던 어느 날 이었던 것 같기도 했다. 기억의 앞뒤 부분이 끊긴 채로 그녀는 그의 팔짱을 끼었던 시간만을 환하게 기억해냈다. 그리고 넘어질 뻔하던 그녀를 그가 민첩하게 잡아 일으켜 세우던 일도 기억해냈다.

"거봐요, 그러니까 미리미리 제 팔짱을 끼었으면 안 넘어지잖아요."

그때 길은 미끄럽지도 않았었다. 눈은 내린 지 얼마 되지도 않았고 길거리에 쌓일 정도까지는 아니었으니까. 아니, 그녀는 다시 한번 눈을 깜빡거리며 기억을 되살려보았다. 길은 무척 미끄러웠었다. 몇십 년만의 폭설로 뒤덮인 거리는 갑자기 내려간 기온 때문에 꽁꽁 얼어 붙어버렸으니까. 그리고 보니 그를 알게 된 후 한 해가 지난 어느 겨울날이었던 것 같기도 했다.

"괜찮죠? 이제 제 팔만 꼭 잡고 걸으세요. 넘어질 것 같은 염려는 잘 접어 두세요."

그는 여전히 농담 같은 어조를 잃지 않으면서 그녀가 팔짱을 끼지 않은 자신의 왼쪽 손을 뻗어 그의 팔을 잡고 있는 그녀의 손을 잡았다. 한동안 손을 잡고 있던 그가 그녀의 손가락을 벌리더니 자신의 손을 그사이에 넣고 깍지를 끼었다.

"손이 참 부드러워요. 이쁘구요. 이렇게 예쁜 손 가진 사람 있었는데……"

그가 갑자기 손을 빼면서 말끝을 흐렸다. 그녀는 갑자기 그에게서 놓여난 손을 어쩌지 못하고 허공에 든 채 그를 바라보았다. 하늘에서는 그쳤던 눈이 다시 한두 송이씩 떨어져 내리고 있었다.

"고등학교 때 알던 여자 친구였는데, 죽었어요. 벌써 몇 년 됐어요. 대학 떨어진 거 비관해서 손목을 그었어요. 둘이 같은 대학에 지원했었거든요. 둘 다 합격할 거라고 다들 생각했어요. 나보다 실기 실력은 더 낫다고들 했었죠. 둘이 같은 선생님한테 실기 지도를 받았었어요. 서로 좋아하기도 했지만 은근히 경쟁자이기도 했었어요. 그런데 죽고 나니까 마치 내 잘못으로 그 친구가 그렇게 된 것 같아요. 손목을 그어도 미수로 그쳐서 대부분 소동으로 그치고 마는데 그 친구는 금방 그렇게 죽었어요. 그러고 보니 그 친구 데이님이랑 많이 닮은 것 같아요. 어쩜 그래서 이렇게 몇 번 만나지도 않은 데이님한테 친근감을 느끼는 건지도 모르겠네요."

그녀는 허공에 있던 손을 호주머니에 넣고 잠시 걸음을 멈추었다. 그도 함께 걸음을 멈추었다.

"전 그만 가볼게요. 늦었는데 잘 들어가세요."

그러고는 그는 뒤돌아서더니 천천히 걸어가기 시작했다. 갑작스런 그의 행동에 그녀는 어쩔 줄 몰라 한동안 그대로 서 있었다. 그러고 보니 그녀의 집까지는 아직 한참을 더 걸어가야만 했다. 전철역에서 혼자 가겠다는 그녀를 굳이 집까지 바래다주겠다고 우긴 건 그였다. 그녀는 무슨 말인가를, 행동인가를 해야만 할 것 같았다. 소리를 질러 그를 멈추어 세우거나, 달려가서 그의 팔을 잡고 가던 길을 계속 가자고 해야 할 것 같기도 하였다. 갑자기 변한 그의 기분을 이해할 수가 없었다. 그러는 사이에 그는 벌써 저만큼 멀어져가고 있었다. 눈발이 갑자기 굵어지기 시작했다.

그녀는 이제 성당으로 통하는 길목을 지나고 있었다. 본당 건물이 언덕 위에 있어서 도로에서 보면 성당은 이층에 있는 것처럼 보였다. 일층에 해당하는 부분은 성당에 딸린 영안실이고 그 입구는 도로에 면해 있었다. 거기에는 커다란 화환이 양쪽으로 한 개씩 놓여 있었다. 최근에 누군가가 죽은 모양이었다. 아주 오래전의 일이지만 그녀도 죽음을 생각했던 때가 있었다. 어머니가 죽은 지 얼마 지나지 않아 아버지는 새어머니가 될 사람이라며 여자를 데리고 왔다. 그 여자는 얼굴이 가무잡잡하고 키가 작고 통통한 편이었다. 보기에 흉할 정도까지는 아니었지만 미모라고는 할 수 없는 여자였다. 그녀의 어머니는 보기 드문 미인이었다. 어머니는 몇 년간 계속 병석에 있었다. 오랫동안의 병수발이 힘들었을 거라 이해하면서도 그녀는 너무도 빨리 새 여자를 데리고 온 아버지가 싫었다. 새어머니는 별말은 없었지만 이렇게 저렇게 그녀에게 신경을 써주었다. 그녀는 싫다는 내색을 할 수도 없었다. 그래서 되도록 아버지나 새어머니와 만나는 시간을 줄이려고 했다. 중고등학교 내내 그녀가 악기에 취미를 붙이게 된 것도 그런 이유에서였다. 학교는 공부하는 아이들로 늘 늦게까지 개방되어 있었고 그녀는 이런저런 빈 공간에서 혼자 시간을 보냈다. 고등학교에 들어갈 무렵 새어머니가 사내아이를 낳았다. 그러자 아버지의 관심은 온통 그쪽으로 가버렸고 그야말로 그녀는 집안에서 찬밥 신세가 되었다. 그녀는 그전보다 일찍 집에서 나왔고 잠잘 시간이 되어서야 집에 들어갔다. 그녀가 이렇다 할 문제를 일으키지 않았으므로 새어머니는 도시락을 하나 더 싸주는 것으로, 아버지는 용돈을 좀 더 늘려주는 것으로 그녀에 대한 애정을 대신했다. 늦게까지 남아서 공부를 하던 아이들도 토요일이면 대부분 일찍 집으로 돌아갔다. 하지만 그녀는 갈 곳이 없었다. 정이 흐르는 단란한 가정에 대한 기대는 생각할 수도 없었다. 토요일이면 그녀는 몹시 고독했다. 학교에 혼자 남아있기도 지루해질 때면 근처에 있던 강가에 나갔다. 그녀는 어두워지는 강둑에 앉아 한없이 흘러가는 강물을 바라다보곤 했다. 어떤 때는 가끔씩 그 속으로 뛰어들고 싶은 충동을 느끼기도 했다. 어머니가 있을 그 세계가 그립다는 생각이 들었다. 그런 그녀를 간신히 붙들어 둔 것은 담임 선생님이셨다. 서울에서 작곡을 전공하셨다는 선생님은 퍽 자상하게 그녀에게 신경을 써주셨다. 가정환경 조사서 같은 서류로는 그녀는 평범한 가정의 아이일 뿐이었다. 다만 그 나이 또래의 아이들이 보통 가지고 있는 명랑함이 없을 뿐이었다. 어머니의 죽음은 그녀를 일찍 노인처럼 만들어버렸다. 섬세한 감수성을 지닌 선생님은 그녀의 그런 내면을 꿰뚫어 보고 계셨는지도 몰랐다. 선생님은 토요일 오후가 되면 그녀에게 전화를 하셨다. 마치 멀리서 그녀를 바라보고 있기라도 하셨듯이 주로 그녀가 강둑에 앉아 한없이 강물을 바라보고 있을 때였다. 그래서 그녀는 다시 현실로 돌아올 수 있었다.

그녀는 영안실을 지나 조금 더 걸어갔다. 맞은편으로 아파트 단지가 시작되고 있었다. 그녀는 단지 입구 맞은편에 잠시 멈추어 섰다가 길을 건넜다. 바닥에 그려져 있던 횡단보도 표시는 눈 때문에 지워져 거의 보이지 않았다. 그녀는 천천히 아파트 단지 안으로 난 길을 향하여 걸었다. 지어진 지 20년이 넘은 그 아파트 단지에는 오래된 나무들이 많았다. 봄이면 분홍빛 꽃들을 피워 올리던 그 나무들은 이제 눈으로 덮여 있었다. 벽면이 담쟁이덩굴로 뒤덮인 관리 사무소를 지나자 길이 왼쪽으로 구부러지면서 오른쪽으로 노인정이 보였다. 노인정을 지나자 길 아래쪽으로 위치한 상가 건물로 연결되는 작은 계단이 나타났다. 그녀는 눈을 들어 그쪽을 바라보았다. 빨간색 우체통이 눈을 맞고 서 있었다. 건물들은 어둠과 고요 속에 가라앉아 있었다. 조금 더 가니 상가 건물과 아파트 단지 후문 출입구가 나왔다. 후문 출입구에서 아파트 단지 안으로 들어가는 곳에 커다란 시계탑이 서 있었고 그 아래로는 화단이 꾸며져 있었다. 여름이면 그곳에 알록달록 여러 종류의 꽃들이 피어났다. 그녀는 어디를 갔다가 집으로 돌아갈 때는 지금까지 걸어왔던 길로 늘 다니고 있었다. 아파트 단지 안으로 나 있는 그 길은 봄부터 초가을까지 여러 가지 꽃들이 피어났다. 늦은 가을이 되면 오래된 나무들은 울긋불긋 단풍이 들었고 겨울에 접어들면 성당 옆으로 난 길은 플라타너스의 짙은 갈색 잎들로 뒤덮여 밟을 때마다 서걱거리는 소리가 났다. 그녀는 그 소리들이 좋아서 그 길로만 다녔다.

시계탑 아래 화단엔 회양목들이 눈을 맞고 군데군데 푸른색을 드러내고 있었다. 한여름이면 진한 노랑과 주홍색으로 화려함을 뽐내던 꽃들은 이제 흔적도 없이 사라져 보이지 않고 있었다. 그녀는 잠시 눈을 감고 화려하던 여름의 기억을 떠올려보았다.

햇살이 환하던 날이었다. 해바라기보다 키가 훨씬 작고 꽃도 작지만 전체적인 모습이 해바라기를 꼭 닮은 그 꽃이 시계탑이 있는 화단에서 쏟아지는 오후의 햇살을 받으며 활짝 웃고 있었다. 자세히 보니 그 꽃들은 화단을 거의 다 채우고 있었다. 꽃잎들은 연하고 진한 노란색도 있고 주홍빛에 가까운 것들도 있었다. 여름이었다고 생각되었지만 어쩐 일인지 더웠다는 기억은 없다. 노랑과 주홍의 그 찬란한 아름다움이 그토록 두드러졌던 것은 조금 전 한줄기 소나기가 지나갔기 때문이었다. 소나기는 순식간에 무더위를 식혀 주었고 먼지를 씻어내어 그 꽃 본래의 순수함을 돋보이게 해주었을 것이다.

그 순간 누군가 그녀에게 가까이 다가왔고 귓속말로 속삭였다.

"넌 누구지? 넌 어디선가 본 듯한 얼굴인데, 우리 어디에서 언젠가 만났었지? 잘 기억해 봐. 난 오래전부터 너를 보고 있었어. 그리고 우리가 만났던 시간과 장소를 생각하고 있었어. 눈을 들어 나를 똑바로 바라보렴. 네 눈을 보면 어쩌면 생각이 날지도 몰라."

그녀는 순간적으로 소리가 나는 쪽으로 고개를 돌렸다. 쏘는 듯한 햇빛이 그녀의 눈 속으로 파고들었다. 그녀는 황급히 눈을 감으며 고개를 숙였다. 감은 눈 안에 광채가 어릿거렸다. 눈이 쓰라리면서 눈물이 솟았다.

"아, 이제 생각이 날 것 같아. 얼굴을 돌려 봐. 다시 한번 이쪽으로 얼굴을 돌려보라니까. 얼른."

그녀는 눈을 깜빡이며 눈물을 흘렸다. 그리고 고개를 숙인 채 가늘게 눈을 떠 보았다. 그녀는 천천히 다시 소리가 나는 쪽으로 고개를 돌렸다. 그곳엔 아무도 없었다. 소나기 뒤에 하늘 한쪽에 남아있던 구름이 흘러왔고 어느새 해를 가리고 있었다. 순식간에 사방은 어두워졌다.

"어이구, 한줄기 더 때리려는가보네."

아파트 단지 출입구에 있는 경비실 문이 열리더니 경비 복장을 한 아저씨가 고개를 내밀며 맞은편 문구사 앞에 서 있던 뚱뚱한 남자를 쳐다보면서 큰 소리로 말했다.

그녀는 상가 건물 입구에 도착해서 추녀 밑으로 들어섰다. 눈 내리는 밤의 상가는 적요에 싸여 있었다. 그녀는 우산을 접어서 눈을 털었다. 바람이 불어서 우산을 썼는데도 옷에는 눈이 쌓여 있었다. 그녀는 옷과 신발을 털었다. 그녀는 상가 건물 안으로 들어섰다. 그 상가는 밤에도 출입문을 잠그지 않았다. 그녀는 차근차근 상가 건물의 유리문을 훑어보기 시작했다. 철물점을 지나자 드라이클리닝 집이 나왔고 이어서 도배 집이 있었다. 그 옆으로 모퉁이에 인테리어 가게가 보였다. 그녀는 그쪽으로 발길을 빨리 했다. 모퉁이를 돌자 아파트 단지를 마주 바라보는 상가의 옆면이 시작되었다. 그 첫 번째 집은 핸드백과 부츠 같은 여성용품을 파는 집이었다. 그녀는 심심할 때면 가끔 그 집에 들러 이런저런 핸드백을 메어보기도 하고 부츠를 신어 보기도 하였다. 그녀가 사지도 않고 신어만 보아서 미안하다는 표정을 지을라치면 주인 여자가 먼저 말을 했다.

"안 닳으니까 그냥 이것저것 신어 봐요. 애인보고 하나 사달라고 해. 키도 크고 늘씬한데다 얼굴도 이쁘게 생겼는데 애인 없나? 내가 괜찮은 사람 소개해줄까? 아이참, 내가 별 이상한 말을 다 하고 있네. 잘 알지도 못하는 아가씨한테. 그 부츠랑 핸드백 너무 가지고 싶어 하는 것 같아서 그래. 벌써 몇 번째 들렀잖아. 닳는 건 아니라 난 괜찮은데 아가씨가 안타까워서 그래."

그녀는 핸드백을 메고 부츠를 신고 전신 거울 앞에 서 본다. 주인 여자는 이쪽저쪽 왔다 갔다 하면서 연신 잘 어울린다는 말을 하고 있다. 그녀는 정말 자신에게도 누군가 그런 선물을 사주는 사람이 있었으면 싶다고 생각한다. 어느 틈에 주인 여자는 주황색과 검정색이 섞인 호랑이 줄무늬가 있는 스카프를 가져다가 그녀의 목에 둘러준다. 그녀는 검은 코트 위에 주황색 줄무늬 스카프를 두르고 깜찍한 빨간색 핸드백을 메고 발목 뒷부분에 귀여운 느낌의 셔링이 들어간 부츠를 신고 있다. 어깨까지 내려온 생머리가 하얀 얼굴과 대조되어 더욱 까맣게 보인다. 자신이 보아도 놀랄 정도의 아름다움이 느껴진다. 그녀는 그 모습 그대로 누구에겐가 달려가고 싶다. 누구에겐가 이 아름다운 모습을 보여주고 싶은 것이다.

"데이님은 크리스마스 때 무슨 선물 받고 싶어요? 올해는 이미 지나갔고 내년 크리스마스 때 말이예요."

그가 뜬금없이 말을 꺼냈다. 처음 그를 만난 후 얼마 지나서였다. 친구를 만나러 근처에 왔다며 그는 잠깐 얼굴을 보자고 했다. 그녀가 약속 장소에 나갔을 때 그는 친구와 함께 있었다. 드럼학원을 한다던 친구였고 일전에 한 번 본 적이 있었다.

"야, 넌 또 자다가 봉창 두드리냐? 앉기라도 하시면 말해라. 어서 이쪽으로 좀 앉으시죠. 이 새끼 이렇게 황당하다니까요. 하긴 이래서 곡을 쓰는 건지 모르지만, 난 도무지 적응이 안 된다니까요."

갑작스런 질문에 그녀 또한 무슨 말을 해야 할지 몰라 머뭇거리고 있었다.

"센 걸로 이야기하세요. 말해봤자 다 꽝이긴 하지만요. 오해는 하지 마세요. 물어보니까 마치 사줄 것처럼 느껴지는데 그건 또 아니거든요.

저하곤 확연히 다르죠. 저야 말 꺼내면 반드시 실천에 옮기는 사람이지만요. 하하. 그래서 전 안 물어보는 겁니다."

그의 친구가 익살스런 웃음을 지으며 그녀를 바라보았다.

"핸드백하고 부츠를 받고 싶어요. 평소에 봐 둔 게 있거든요."

그녀는 자신도 모르게 정색을 하며 말했고 분위기는 갑자기 이상해졌다. 그의 친구가 화장실을 다녀온다고 하며 일어섰고 그도 전화할 데가 있다며 자리에서 일어섰다. 그녀는 몹시 당황스러웠다. 모두 자신을 피해서 달아나기라도 한 것처럼 느껴졌다. 무엇이 문제일까를 곰곰 생각하며 그녀가 자리에서 일어섰을 때 그의 친구가 다시 들어왔다.

"아니, 데이님. 가시려구요? 기분이 상하셨나요?"

그녀가 엉거주춤하는 사이에 전화를 한다던 그가 다시 들어왔다. 그녀는 다시 자리에 앉았다. 그날 그들은 2차로 노래방을 갔다가 그의 친구가 한다는 드럼학원에 들르기로 했다. 그러나 노래방에 들어섰을 때 그녀는 이모의 호출을 받았다. 급한 꽃 주문이 들어와서 도매 시장에 가는 데 같이 가자는 것이었다. 그녀는 자리에서 일어섰다. 그들은 일을 본 후 다시 연락하라며 아쉬워했다. 하지만 일을 다 처리하고 그녀가 전화를 했을 때 그들은 받지 않았다.

그녀는 거울 속에 들어있는 자신의 모습을 찬찬히 들여다보다가 눈을 들어 주위를 둘러본다. 아무도 없다. 모든 가게 문은 다 닫혀 있다. 출입문 밖에서 눈 내리는 소리만 사그락거리며 들려온다. 그녀는 다시 자신의 모습을 확인하기 위해 눈으로 거울을 찾아본다. 어느 곳에도 거울은 없다. 어둑한 상가 안에 그녀 혼자 서있을 뿐이다. 그녀는 나오지 않는 목소리로 소리를 지르며 상가 입구 쪽으로 뛰어간다. 입구에 도착해서 그녀는 하늘을 바라다본다. 눈이 펑펑 쏟아져 내리고 있다. 그녀는 우산도 쓰지 않고 눈 속으로 성큼 뛰어든다. 그녀는 걸음을 빨리하다가 점점 뛰다시피 한다. 머릿속으로 드럼 학원이 있는 곳의 위치를 그려본다. 전철역 근처였던 게 기억난다. 그녀는 전철역 쪽으로 향한다. 드럼학원은 흔하지 않다. 위치가 전철역이라고 했으니 그 근처에 있는 학원만 찾아보면 될 것이다. 길거리엔 아무도 없다. 눈은 여전히 쏟아져 내리고 있다. 건물들은 온통 눈을 뒤집어쓰고 백색의 도시로 변해 있다. 역 근처 골목길로 들어가 본다. 학원은 눈에 띄지 않는다. 다시 옆에 있는 골목으로 들어가 본다. 역시 보이지 않는다. 골목을 뛰어 끝까지 가본다. 그 끝은 전철역의 반대편에 있는 도로와 통해 있다. 그녀는 도로 앞에 서서 주변을 둘러본다. 횡단보도 맞은편으로 3층에 학원 간판이 보인다. 그녀는 눈을 찌푸리고 자세히 쳐다본다. 드럼학원이다. 그의 친구가 운영한다는.

그녀는 철문 앞에 서 있었다. 어느 틈에 자신이 횡단보도를 건너 계단을 뛰어 올라왔는지 생각이 나질 않았다. 문득 두런거리는 듯한 어떤 소리가 들려왔다. 그녀는 귀를 기울이며 철문 가까이 갔다. 철문은 조금 열려 있었다. 희미한 빛이 안에서 새어 나오고 있었고 소리는 그 안에서 들려오고 있었다. 갑자기 웃음소리가 들려왔다. 여자의 목소리. 곧이어 굵은 남자의 목소리가 들려왔다. 어디선가 들었던 듯한 목소리. 그녀의 기억이 아득한 시간 속을 헤맨다. 오래전에 만난 적이 있었던 그의 친구의 목소리. 굵고 낮은 목소리. 또 다른 남자 목소리가 들려온다. 아까 소리보다 가늘고 조금 높은 소리. 그의 목소리다. 그녀는 열려진 틈 사이로 얼굴을 가져간다. 안은 어둠에 싸여 잘 보이지 않는다. 그녀는 손으로 문을 살짝 잡아당겨 본다. 문이 조금 열린다. 저만치 안에 사람의 그림자가 보인다. 어떤 여자의 뒷모습이 보인다. 어깨까지 생머리가 내려와 있다. 여자의 양옆에 앉아 있는 남자들의 옆모습이 보인다. 그들은 서로 쳐다보며 웃고 있다. 그들이 갑자기 뭔가 재미난 일을 하기라도 하듯 몸을 수그린다. 그들의 몸이 가운데로 모여진다. 그녀는 자세히 보기 위해 고개를 들이밀어 본다. 그들은 서로의 손을 잡고 있다. 그녀는 갑자기 뒤로 물러선다. 번개같이 어떤 기억이 그녀의 뇌리를 스친다. 용납할 수 없다는 감정이 파도처럼 그녀를 휘감는다. 언젠가 그녀도 저기 앉아 있는 두 명의 남자와 저런 모습으로 앉아 있었다. 그리고 서로의 몸을 수그려 손을 내밀고 잡아 보았다. 저기 앉아 있는 저 여자는 누구일까? 그녀는 여자의 뒷모습을 뚫어져라 쳐다보았다.

"어디 문이 열렸나? 좀 추운 것 같은데."

갑자기 높은 여자의 목소리가 그녀를 향해 달려든다. 그녀는 깜짝 놀라 한걸음 물러선다. 몸을 수그리고 뒷모습을 보이던 여자가 자리에서 일어서려 한다. 그녀는 한 걸음 더 뒤로 물러선다. 여자가 문 쪽을 향하여 몸을 돌리려고 한다. 그녀는 순간적인 두려움으로 갑자기 뒤돌아서서 계단을 뛰어 내려온다. 그녀는 이제 학원이 있는 1층의 현관 출입문 앞에 서 있다. 그녀의 가슴이 심하게 오르내린다. 그녀는 자신이 조금 전에 보았던 모습이 도무지 믿어지지 않는다. 두 손을 들어 얼굴을 더듬어 눈을 쓸어본다. 손바닥에 물기가 묻어난다. 그녀는 머릿속으로 생각해본다. 그들과 늦은 시간에 그렇게 앉아 있었던 때를 생각해본다. 그들이 자신 아닌 다른 여자와 앉아 있지 말라는 법은 어디에도 없다. 그럼에도 그녀는 심한 배신감을 느낀다. 아니, 자신이 잘못 보았는지도 모른다. 그 여자의 얼굴을 보지 않았다. 그 여자가 고개를 돌리려는 순간 자신은 계단 아래로 뛰어내려와 버렸다. 아니, 그 모습은 자신의 환시였는지도 모른다. 그들은 거기 없었고 철문은 열려 있지 않았을 것이다. 이렇게 늦은 시간에 문이 열려 있을 리가 없다. 다시 한번 확인해보아야 한다. 그녀는 다시 계단을 뛰어 올라갔다. 철문은 굳게 닫혀 있었다. 그녀는 손잡이에 손을 얹고 힘껏 돌려보았다. 그러나 그것은 열리지 않았다. 현관문 옆으로 난 창에서 한 줄기 바람이 휘돌아 들어왔다. 눈은 여전히 쏟아져 내리고 있었다. 자동차가 지나가면서 내는 경적소리가 길게 들려왔다. 그녀는 천천히 계단을 내려섰다. 그녀의 다리가 후들거리고 있었다.

　그녀가 집으로 돌아왔을 때 현관문은 열려 있었다. 책상 위의 스탠드는 훤하게 켜진 채였고 식탁 위엔 먹다가 미처 치우지 않은 음식 접시들이 그대로 있었다. 눈보라가 심하게 쳤었는지 현관 입구까지 눈이 쌓여 있었다. 책상 위에 접어두었던 책들은 책장이 이리저리 펼쳐져 있었다. 그녀는 시계를 보았다. 일곱 개의 시계들은 모두 멈추어 있었다. 그녀는 핸드폰을 꺼내 전화번호부를 눌렀다. 그의 전화번호를 찾는 그녀의 손이 가늘게 떨렸다.

　"니가 마음에 두고 있는 남자가 혹시 키 크고 눈썹 진하고 클라리넷 분다던 그 남자 아니니? 운영자가 소개해서 들어왔다는 남자 말야. 그 남자 늘 같이 다니는 여자가 있다던데?"

　그녀의 마음속에 들어있던 민경의 말이 불쑥 튀어나왔다. 그녀는 갑자기 마음이 조급해졌다. 그의 전화번호는 어디에서도 찾을 수 없었다. 그녀는 눈을 감고 그의 전화번호를 기억해 보았다. 잘 생각이 나질 않았다. 그녀는 다시 천천히 하나씩 생각해보기 시작했다. 조금씩 기억이 떠오르기 시작했다. 한참 만에 그녀는 가운데 숫자까지 기억해낼 수 있었다. 그녀는 뒷자리의 숫자들도 기억해 보았다. 현관문도 닫지 않은 채 그녀는 서성거리며 숫자들을 이리저리 조합해 보았다. 아무리 애를 써도 마지막 숫자가 생각이 나질 않았다. 그녀는 핸드폰을 열고 기억해낸 숫자를 하나씩 눌렀다. 마지막 숫자는 가장 비슷한 숫자로 눌렀다. 가늘게 신호음이 갔다. 그녀는 자신도 모르게 마른침을 삼켰다.

신호음은 울렸으나 전화를 받지는 않았다. 그녀는 다른 숫자를 넣어 전화를 걸었다. 다시 신호음이 길게 울렸다. 역시 받지 않았다. 이제 그녀는 마지막 자리에 영부터 구까지 아홉 개의 숫자를 차례대로 집어넣어 전화를 걸어본다. 세 번째 전화를 걸자 그런 전화번호는 없다는 말이 흘러나온다. 부재중이라는 멘트가 흘러나오는 번호도 있다. 이제 두 개의 번호만이 남는다. 그녀는 잠시 심호흡을 한 후 다시 전화를 건다. 신호음이 길게 끌며 울린다. 한 번 두 번 열 번째 신호가 갔을 때 딸깍거리며 전화를 받는 소리가 난다. 그녀는 돌연 긴장한다. 무슨 말부터 할까? 이 밤중에 어쩐 일이냐고 물으면 무엇이라고 대답을 해야 할까? 짧은 순간 온갖 말들이 그녀의 머릿속에 맴돈다. 마른침을 삼키며 그녀가 무슨 말을 하려고 했을 때 저쪽에서 전화를 끊는 소리가 난다. 그녀는 마치 자신이 빨리 말을 하지 않아서 전화가 끊긴 것 같은 생각에 아득해진다. 그런데 생각해보니 그쪽에서도 아무 말이 없었다. 받자마자 바로 끊어진 것이다. 그녀의 어깨가 축 늘어진다. 그녀는 다시 한번 전화를 건다. 느리게 신호음이 가는 소리가 난다. 그녀는 이번에는 빨리 말을 해야 한다고 생각하며 긴장한다. 저쪽에서 전화를 받는 기척이 들린다. 그녀는 여보세요? 라고 크게 소리친다. 전화는 다시 툭 끊긴다. 그녀는 잠시 기다리기로 한다. 어쩌면 바로 다시 전화가 올지도 모른다. 어쩌면 눈이 너무 많이 와서 통신 사정이 안 좋아서 연결이 안되는 지도 모른다. 그녀는 마치 그것이 그의 전화이기라도 하듯 갑자기 초조해진다.

그녀는 이제 밖을 바라보고 식탁 의자에 앉아 있다. 다시 눈보라가 치는지 열려진 현관문 안으로 눈이 들이친다. 그녀는 문을 닫을 생각도 하지 않고 그저 멍하니 앉아서 쏟아지는 눈만 바라보고 있다. 세상은 깊은 고요 속에 가라앉아 있다. 그녀는 자신이 무덤 속에 들어와 있는 것 같다고 느낀다. 전화벨 소리는 들리지 않는다. 그녀는 자세를 고쳐 앉는다. 그리고 마지막 남은 한 자리 숫자를 생각해 본 후 핸드폰의 숫자 버튼을 천천히 누르기 시작한다. 어디선가 버스가 지나가는 소리가 들려온다. 그녀의 집 앞을 거쳐 지나가는 새벽 첫 버스다. 하늘에서는 여전히 흰 눈이 그칠 줄도 모르고 쏟아져 내리고 있다.

사랑
없는
시간

유리창을 두드리는 빗소리에 그녀는 자리에서 몸을 일으켰다. 창밖에는 세찬 빗줄기가 쏟아져내리고 있었다. 유리창을 타고 흘러내린 빗물이 창틀에 고이는 것이 보였다. 그녀는 '드디어 장마가 시작되나?……'라고 중얼거리다가 문득 어제 밤 뉴스 시간에 '올여름은 엘리뇨 현상 등 복잡한 기상 상황으로 인하여 딱히 정해진 장마 기간이 없다'고 말하던 여자 앵커의 모습이 떠올랐다. 그녀는 스스로 아리송한 표정을 지으며 창문으로 다가가 이마를 유리창에 대고 밖을 내다보았다. 갑자기 쏟아지는 소나기를 피해서 우산도 쓰지 못한 젊은 여자가 급하게 건물 처마 밑으로 뛰어가는 모습이 보였다. 그녀는 자신이 그 여자라도 되는 듯 어깨를 움츠리다가 거실 쪽으로 걸어와 거울 앞에서 자신의 얼굴을 가만히 들여다보았다.

거울을 들여다보던 그녀는 어떤 생각을 털어내기라도 하듯 갑자기 고개를 흔들었다. 거울 속 자신의 얼굴 뒤로 누구가의 얼굴이 스쳐지나갔다. 그녀는 자신도 모르게 입가에 가만히 미소를 지었다. 불현 듯 어떤 그리움이 마음속으로 파고들었다. 그녀는 다시 창문 쪽으로 다가가 창을 열었다. 창틀로 떨어지며 퍼지던 빗줄기가 그녀의 얼굴에 튕겼다. 그녀는 얼굴에 묻은 물기를 닦아내느라 손으로 얼굴을 쓸어내렸다. 비가 아닌 어떤 물기가 축축하게 손에 묻어나왔다. 스스로가 내린 결정이고 선택이었다. '나도 모르게 그를 사랑하고 있었구나…….' 그녀는 다시 중얼거렸다. '그는 떠났겠지? 다시 만날 수도 없겠지……. 하긴 만난다 해도 지금에 와서 무슨…….' 그녀는 생각을 떨쳐내듯 소리나게 창문을 탁 닫고는 돌아서서 화장실로 들어갔다. 이렇게 비가 쏟아지는 날에 집에 혼자 있는 것은 너무도 힘든 일이었다. 그녀는 겉옷을 입고 집을 나섰다.

갑자기 내린 비 때문인지 도로엔 차가 별로 없었다. 그녀는 비로 인한 온도 차이로 뽀얗게 김이 서리는 앞 유리창을 닦아내고 라디오 버튼을 누르며 엑셀레이터를 밟았다.

라디오에서는 뉴스가 흘러나왔다. "일본이 어제 날짜로 우리나라를 백색국가에서 제외시켰습니다. 정부는 긴급 국무회의를 열어 대처방안을 협의하기로 하였습니다. 이러한 수출규제조치가 우리 경제에 미칠 타

격을 확인하느라 분주하게 움직이고 있습니다……."

어제 저녁 뉴스에서 보았던 내용이었다. 요 며칠 사이 모든 뉴스는 온통 그 문제였다. 그것이 국민경제에 어떻게 영향을 미칠지는 아직 자세하게 예상하지 못하는 상황 같았다. 그녀는 일본에서 수입해 온 의류를 파는 가게를 하고 있는 이모가 걱정되었다. 며칠 전 전화를 했더니 이모는 최근에 매장에 손님이 뚝 떨어졌다는 이야기를 하면서 계속 손님이 없으면 업종을 바꾸어야겠다고 말하였다.

그녀는 라디오의 채널을 돌렸다. 음악방송이었다. 마침 디제이가 낭독을 시작하고 있었다. "오늘은 도봉동에서 오빠 박정호씨와 함께 듣겠다고 하신 분의 사연인데요……."

박정호라는 이름이 문득 그녀의 귀에 걸렸다. 다시 생각하고 싶지도 않은 남자의 이름이었다.

중학교 때 아버지가 돌아가신 후 어머니는 그녀를 애지중지하며 키웠다. 고3이 되었고 그녀는 입시공부에 매달렸다. 뜨겁던 여름이 지나가고 찬바람이 불어오기 시작하던 9월 어느 날 아침, 어머니는 갑자기 쓰러졌다. 때마침 서울에서 놀러온 이모가 급히 어머니를 병원으로 옮겼다. 아이가 없었던 이모는 집에 머물렀고 병원과 집을 오가며 그녀와 엄마를 돌보았다. 그녀가 수능에서 자신의 실력만큼 점수를 얻어 원하던 대학의 합격 통지를 받은 날, 이모는 어머니의 병에 대한 이야기를 했다. 그리고 매우 춥던 어느 겨울 날, 어머니는 아버지 곁으로 가셨다. 그녀는 고아가 되어 세상에 혼자 남겨졌다.

그녀는 서울로 올라와 이모 집에 머물기 시작했는데, 이모부가 벌이던 사업이 잘 되지 않았고 몇 군데 빚까지 지게 되었다. 이모는 엄마에게 받은 그녀 몫의 재산을 이모부의 사업 부도를 막는 곳에 썼다. 어쩐 일인지 이모부는 저녁마다 소주를 마셨다. 답답한 마음에 이모는 옷가게를 열었다. 이모와 이모부와 그녀, 3명으로 이루어진 가족이었지만, 그녀의 존재감은 없는 듯 했다. 원하던 대학에 들어왔고, 수강하던 강좌도 나쁘지 않았으나 그녀는 중심을 잡지 못하고 있었다. 그런 중에도 시간은 흘러갔고, 2학년에 접어든 어느 봄날 가끔 말을 나누며 지내던 여학생이 그녀에게 잠깐 보자더니, 자신이 미팅을 주선했는데 여자 1명이 부족하다며 대신 좀 나가 달라고 부탁했다.

미팅이 있던 날, 그녀는 청바지와 셔츠를 간편하게 입고 학교에 갔고 강의가 끝난 후 미팅장소로 갔다. 약속시간 보다 조금 이르게 도착했는데 만나기로 한 사람들은 벌써 다들 나와 있었다. 여자 5명, 남자 5명씩 모두 10명이었고 주선해주는 사람이 한명 있었다. 여자 쪽을 둘러보니 청바지를 입은 여자는 그녀 뿐이었다. 마주 앉은 남학생들을 보니 인물이 다들 준수한 편이고 키와 덩치도 큰 편이었다. 곧 주선자가 여자 쪽에 와서 가지고 있는 물건들을 한 가지씩 달라고 하였다. 그녀는 가지고 있던 손수건을 주었다. 붉은 색 장미꽃 무늬가 가득 그려진 손수건이었다. 남학생들이 여학생들의 소지품을 한 가지씩 뽑았다. 그리고 짝이 된 커플들은 일어나서 자기들끼리 자리를 옮겼다. 키가 훌쩍 크고 이목구비가 뚜렷한 남학생이 그녀에게 다가왔다.

"안녕하세요? 박정호라고 합니다. 저쪽으로 좀 이동할까요? 아니면……?

"아, 네, 김미진입니다. 저는 밖으로 나갔으면 좋겠어요."

그녀는 자리에서 일어섰고 앞서 가는 박정호를 따라 밖으로 나왔다. 거리엔 해가 살풋 넘어가고 있었고 어디선가 꽃향기가 실린 바람이 불어왔다.

"와우, 키가 크신대요?"

박정호가 호들갑을 떨며 말했다.

"그래요? 앉아있을 땐 작아 보였는가보죠?"

늘 듣던 소리라, 그녀는 감정 없는 밋밋한 목소리로 대답하였다. 그러다 자신이 너무 심드렁하게 대답한듯하여 목소리를 올리며 말하였다.

"그 쪽도 키가 많이 크신대요? 180센티 정도 되세요?"

"아, 어떻게 그렇게 정확하게 맞추시나요? 미진씨는 169센티 정도?"

가라앉으려던 것처럼 보이던 남자가 다시 톤을 높이며 말하였다.

"그쪽도 잘 맞추시네요. 시력이 좋으신가봐요."

그녀는 다시 시큰둥한 목소리로 말하다가 끝에 이죽거리며 농담을 덧붙였다.

남자는 웃음을 터뜨리더니 오랫동안 불러왔던 것처럼 그녀의 이름을 자연스럽게 부르며 수다스럽게 말했다.

"사실 제가 미진씨 처음 만났을 때 속으로 어떤 생각했는지 아세요? 겁 없는 여자네! 청바지와 티셔츠 차림으로 나와? 근데 더 웃긴 건 저도 청바지를 입고 나왔다는 사실이에요. 실은 오늘 미팅 대타로 나왔거든요."

그 말을 듣고 박정호를 쳐다보니 정말 티셔츠와 청바지 차림이었다. 신경을 안 써서 그녀는 그의 복장을 이제야 알아보았던 것이다.

"저도 대타로 나왔는데…… 좀 웃기네요. 이 상황이."

그녀의 목소리엔 어느새 자신도 모르는 이상한 생기가 돌기 시작했다. 다시 박정호 쪽을 돌아보니 마침 그도 그녀를 향해 고개를 돌리고 있었다. 그런 박정호와 눈이 마주쳤다. 굵은 쌍꺼풀이 진 눈과 오똑한 코, 매우 흰 피부의 소유자였다. 그녀 또한 민꺼풀 눈이었지만 오똑한 코와 흰 피부를 가지고 있었다.

"그러고 보니 저희 둘이 좀 비슷하게 생긴 것 같은데……."

그녀와 박정호는 동시에 같은 말을 하고 있다는 걸 깨닫고 마주보고 웃음을 터트렸다.

"손수건은 이별을 의미한다고 하는데, 혹 제가 손수건을 뽑아서 만나자마자 헤어져야 되는 건 아니겠지요? 이것도 인연인데 어디 가서 저녁이나 먹죠? 이 근처 제가 아는 집이 있는데 그리로 갑시다."

박정호는 그녀의 동의를 기다리지도 않고 앞서서 걸어가기 시작했다. 길옆 레코드 가게에서 음악이 흘러나오고 있었다.

그날 이후 박정호는 거의 매일 그녀에게 연락을 해왔다. 그녀가 그에게서 본 것은 어머니의 그림자였다. 그러나 그에게 가까이 가면 어머니는 사라졌다. 그녀는 어머니를 찾아서, 자신도 모르게 그에게 끌려다니기 시작했다. 1학기가 끝나고 2학기에 접어들어 수강 신청을 하고 9월에 접어든 어느 날, 교문을 나서는데 박정호가 반색을 하며 달려왔다. 손에는 커다란 종이가방을 들고 있었다. 그는 거기에 들어있던 꽃다발을 꺼내더니 그녀에게 내밀었다.

"생일 축하한다. 나이만큼 장미꽃을 샀는데 맘에 드니?"

그녀가 당혹스러워하고 있는 사이에 함께 나오던 친구들은 사라져버렸다. 그의 열정은 늘 마음 한쪽이 허전하고 쓸쓸했던 그녀에게 파고들었다. 12월에 접어든 어느 날 그녀는 그가 살던 오피스텔로 이사를 했다. 이모에게는 친구와 같이 지낸다고 하였다. 그와의 생활은 그녀가 대학을 졸업할 때까지 계속되었다. 그러나 처음 몇 개월을 빼고는 끝없는 싸움과 갈등의 연속이었다. 박정호의 열정은 시간이 지나면서 의심과 집요함으로 변해갔고 폭력을 동반하기도 했다. 그녀는 자신이 박정호를 사랑했던 것이 아님을 깨달아가기 시작했으나 그는 여전히 사랑이라는 이름으로 그녀의 모든 자유를 구속했다. 그녀는 취업 후에야 그를 떠날 수 있었다.

그것은 B를 통해서 알게 된 자신의 감정 때문이었다. 박정호의 사랑이 자기감정에 치우친 사랑이었다면 B의 사랑은 상대방의 감정에 우선하는 사랑이었다. 박정호의 사랑은 열정과 격렬한 집착이었다. B의 사랑은 따스했으나 뜨겁지 않았다. 그녀에게 호의와 배려를 베풀었으나 지나치지 않았다. B는 알 듯 모를 듯 그녀에게 관심을 가져주었고 매사에 그녀의 의사를 존중했다. 박정호의 열정에 심하게 데인 상처로 그녀는 자신에게 관심을 가지는 남자들을 본능적으로 두려워하는 마음이 생겨있었다.

직장에 입사한 지 3개월 정도 되었을까? 새벽부터 배가 아팠지만 참고 출근을 했는데 오전 10시쯤 되자 점점 심하게 아프기 시작했다. 약을 먹으면 나을 것 같아 상사에게 잠깐 약국에 다녀오겠다고 말하고 일어서는 순간 심한 통증으로 그녀는 주저앉고 말았다. 직장 상사는 조퇴를 권하고는 볼일을 보러나갔다. 그러나 통증은 좀 심각했다. 다시 일어서려던 그녀는 배를 움켜쥐고 주저앉았다. 그 때 대학 선배 B가 걱정스런 목소리로 그녀에게 말했다.

"미진씨, 아무래도 맹장 쪽인 거 같은데요. 며칠 전에 동생이 맹장 수술을 했는데 그때 증상하고 비슷해요. 응급실로 가보는 게 좋을 거 같아요."

사람들이 웅성거리기 시작했고 통증은 점점 심해지고 있었다. 다시 B
가 말하였다.

"동생이 입원하고 수술했던 병원이 괜찮던데 제 차로 일단 그 병원으
로 좀 데리고 갈까요? 동생은 수술 끝나고 퇴원해서 벌써 다 나았어요.
맹장은 간단한 수술이니 크게 걱정할 거 없어요."

"그렇게 합시다. 어서 서두릅시다."

볼일을 마치고 나타난 상사가 주변을 둘러보며 이야기했고 B와 또 한
명의 부축을 받으며 그녀는 병원으로 향했다. 곧 의사의 촉진과 몇 가지
검사를 했고 맹장염이 확실하다는 진단을 받았다. 더 이상 진행되기 전
에 바로 날짜를 잡아 수술을 해야 된다고 했다. 연락을 받은 이모가 달
려왔고 다음 날 오후에 수술을 하기로 결정되었다. B는 수속절차를 도
와주고 이모와 이야기를 나누며 대학 선배라고 자신을 소개하고 있었
다. 간호사가 다녀갔고 수술 직후엔 되도록 보호자가 필요하다는 이야기
를 했다. 이모는 가게를 닫기가 힘든데 어쩌나 하며 곤란해 했으므로 그
녀는 그냥 혼자서 버티겠다고 이야기했다. 간호사는 수술 후 마취가 깨
면 몹시 졸리는 데 그때만 잠들지 않으면 되고 가스만 나오면 그다음부
터는 괜찮다고 이야기하고 가버렸다. 이모도 밤에 다시 오겠다고 하고
가버렸다. 그녀는 그냥 혼자 담담하게 마음을 정리하였다. 의사의 처치

로 통증도 가라앉아서 견딜만했다. 그녀가 이런저런 생각을 하고 있는데, 집에 간 줄 알았던 B가 다시 오더니 휴게실에 나가서 티브이나 보자고 했다. 그녀는 얼마 전에 동생이 수술을 해서 그런가 보다하고 아무 말 없이 그의 친절을 받아들였다.

크락션 소리에 깜짝 놀란 그녀는 정신이 번쩍 들어 주위를 둘러보았다. 그녀의 뒤쪽 차에서 나는 소리였다. 룸미러로 보니 운전자가 험한 표정을 짓고 있었다. 처음 출발했을 때보다 비는 더 내리고 있었다. 그녀는 윈도우 브러쉬를 좀 더 빨리 한 후에 차를 출발했다. 거리는 여전히 한산했다. 한참을 달리니 저 멀리 카페가 보였다. 강을 바라보는 입구에 줄지어 서 있는 자작나무의 하얀 줄기를 보니 쓸쓸함과 이상한 설레임이 교차했다. 카페에선 재즈 음악이 흘러나오고 있었다. 그녀는 자작나무 아래 데크에 놓인 의자를 바라보았다.

B와 처음으로 이 카페에 왔을 때 자작나무의 하얀 몸통을 만져보고 강바람과 햇살 아래 반짝이며 몸을 뒤채는 이파리들을 쳐다보며 즐거워하던 기억이 떠올랐다. 그녀는 트렁크에 들어있는 빨간색 우산을 꺼내어 들고 가만가만 의자로 걸어갔다. 그때도 그녀는 빨간 우산을 들었었고 비가 왔었다. 맹장염 수술 후 그녀가 고마운 마음에 차를 산다고 했고 B가 알고 있다던 이 카페에 함께 왔던 것이었다.

"미진씨, 빨간색이 참 잘 어울리네요! 빨간 옷도 잘 어울리시겠어요."

B는 그녀가 든 빨간 우산을 쳐다보며 말했다. B와 그녀는 우산을 접고 데크 위의 작은 의자에 앉았다. 눈앞으로 아름다운 강 풍경이 펼쳐져 있었다. 강 위에 운무가 뽀얗게 만들어지고 있었다. 그때 강 아래쪽에서 어떤 물체가 쑥 올라왔다. 사람이었다. 양손에 청소도구를 들고 있었지만 청소원 같아 보이진 않았다. 가까이 온 그 사람은 유난히 반짝이는 눈빛을 가진 사람이었다.

"꽁초는 저쪽에 버리세요. 여기서 담배들을 피우고 아무 데나 버려서요."

"아, 전 안 피웁니다. 걱정 마세요."

B가 얼른 말을 받았다. 그녀도 한마디 했다.

"여기 참 이쁘네요. 강 안개가 아주 멋진데요."

유난히 반짝이는 눈빛을 가진 사람이 다시 말했다.

"오늘도 괜찮은 편인데, 오늘보다 멋있는 날이 더 많아요. 카페 입구에 가면 사진 찍는 장소도 있고, 카페가 1층부터 3층까지라서 더 좋아요."

"아 네, 밖에부터 보느라고요. 호호호"

그녀는 자신도 모르게 웃으며 말했고 그 사람은 잘 쉬다 가시라는 말을 남기고는 처음 올라왔던 곳으로 사라졌다. B와 그녀는 한참 동안 의자에 앉아 비 오는 강변을 바라보고 있었다.

"미진씨, 이제 완전히 다 회복되신거지요?"

B는 그녀를 가만히 바라보더니 말했다.

"네, 덕분에 너무 감사했어요."

그녀는 갑자기 달라지는 B의 말투에 주춤주춤 일어서며 말했다. 빗줄기가 좀 더 굵어졌고, 데크 위로 빗물이 튀어 올랐다.

"이제 안으로 들어가요. 비가 많이 와서……."

그녀가 말했고 B가 따라 일어섰다. 카페 입구에 사진 찍는 곳이 있었다. 강 쪽으로 나 있는 벽에 명화가 걸려있었고 그 아래 고전적인 탁자와 의자가 놓여 있었다. 가까이 가니 명화는 테두리만 있고 가운데는 그냥 뚫어두어 바깥의 강 풍경이 그대로 보였다. 얼핏 보면 강을 그린 그림을 걸어둔 것 같았다.

"미진씨, 우리 사진 한 장 같이 찍읍시다. 이쪽으로 앉아봐요."

B가 갑자기 서두르며 말했고 그녀는 얼떨결에 의자에 앉았는데 그사이 B는 지나가는 사람에게 얼른 사진을 부탁하고는 그녀의 맞은편에 앉아서 포즈를 취했다. 찰칵 소리와 함께 B와의 추억 한 장이 만들어졌다. 그녀는 당황스러웠지만 B를 따라 카페 안으로 들어갔다.

자작나무는 그날처럼 강바람에 흔들리고 있었다. 하얀 가지들이 비를 머금고 더 뽀얗게 빛나고 있었다. 그녀는 그날처럼 빨간 우산을 쓰고 천천히 의자 쪽으로 걸어가서 자신이 앉았었던 자리에 앉아 보았다. 이제 B는 없다. 그녀 혼자뿐이다. 'B는 잘 있을까? 내가 그런 말까지 하지만 않았어도……' 그녀는 B를 좋아하면서도 그가 가까이 오는 걸 견디기 힘들었다. 그녀는 B의 적극적인 모습에서 박정호를 보았는지도 몰랐다. 그녀는 카페 현관 쪽으로 다가갔다. 그날처럼 사진 찍는 장소엔 몇몇 사람들이 사진을 찍고 있었다. 그녀는 재즈 음악이 흘러나오는 카페의 문을 열고 안으로 들어갔다. 비가 와서 그런지 카페 안에는 사람이 많지 않았다.

그녀는 잠시 망설이다가 3층 계단 쪽으로 걸어갔다. B와 함께 앉았던 곳을 가보기 위해서였다. 3층은 브런치를 먹는 사람들을 위한 공간으로 꾸며져 있었고 한쪽 편에는 바깥으로 나갈 수 있는 작은 문이 있었다. 밖은 작은 베란다인데 그곳에 의자를 가져다 놓아서 5~6명 정도 앉을 수 있게 꾸며 두었다. 지붕은 오래된 추억을 떠올리게 하는 양철 지붕으로 되어있었다. 카페에서 밖으로 나가서 강을 좀 더 가까이 볼 수 있는 유일한 곳이었다. B와 세 번 정도 이 카페에 왔고, 마지막에 왔을 때는 3층 베란다 공간에 앉아서 커피를 마셨다. 유리문 안에서 바라보는 것보다 직접 바깥에서 바라보는 강 풍경이 참 아름다웠다. 강은 소리 없이 흐르고 있었다. 갑자기 비가 쏟아졌다. 양철 지붕 위로 떨어지는 빗소리가 쇼팽의 피아노 선율처럼 느껴졌다. B가 그녀의 어깨에 자신의 팔을 둘렀다.

그녀는 깜짝 놀랐다. B도 놀란 듯 흠칫하더니 의자를 뒤로 하며 몸을 고쳐 앉았다. 그녀는 갑자기 미안해졌다.

"미안해요……. 당신 때문이 아니고 나 때문이에요. 내 상처가 아직 아물지 않은 모양이에요……."

갑자기 쏟아져나온 말에 B는 어리둥절한 표정을 짓고 있었다.

"미진씨, 실례했다면 용서하세요. 저도 모르게 그만……. 저 사실 미진씨 좋아합니다. 누구 사귀는 사람 있나요?"

"아, 아뇨……. 사귀는 사람 없구요. 그런데…… 할 말이 좀 있어요."

"아, 전에 사귀던 남자친구가 있었다는 말이군요. 지난 일이 무슨 상관인가요? 현재가 중요한 것이죠."

"아, 그런 문제가 아니라…… 제 마음이 아직 잘 정리가 안되어서……."

"그 사람을 많이 사랑했었나보죠? 갑자기 질투심이 솟는데요."

B가 자리를 고쳐 앉으며 말했다. 목소리의 톤이 바뀌고 있었다. 그녀는 B의 모습을 보며 한편으로 미소가 지어졌다. B의 그런 모습이 순수해 보이기도 하고, 살면서 큰 어려움을 겪어보지 않은 사람 같아서 한편으론 귀엽게 느껴졌다.

"말하기가 조금 힘드네요……. 그렇지만 생각하시는 것처럼 상대방을 아직도 잊지 못하는 뭐 그런 건 절대 아니예요."

"그렇다면 저에게 말 못할 게 뭐가 있어요? 어서 말해봐요."

B는 평소의 모습과 좀 달라져있었다. 늘 그녀의 감정이나 입장을 먼저 헤아리던 그였는데, 남자의 질투심은 무서웠다. 그녀는 갑자기 B를 잃어 버릴 것 같은 예감에 눈꺼풀이 파르르 떨렸다. 자신의 모든 것을 다 이해 해줄 것처럼 너그러워 보이던 B였는데, 오늘 보는 B는 그런 모습이 아니 었다. 박정호의 집요한 집착이 떠올라 그녀는 자신도 모르게 진저리를 쳤다. B는 자신의 그런 내면을 이해하지 못할 수도 있었다. 자신을 만나 기 전 그녀의 동거 사실을 받아들여줄 수 있을까? 말을 하자니 B가 어떻 게 나올지 알 수 없어 불안했고, 말을 안하려니 자신이 그를 속이는 것 같아서 몹시 마음이 불편하였다.

"저 사실 이전에 동거를 좀 했었어요……."

B의 눈이 화등잔처럼 커졌다. B가 화장실에 다녀온다는 말을 남기고 급하게 자리에서 일어섰다. B는 아주 한참 만에 돌아왔다. 손에는 조각 케익을 들고 있었다.

"미진씨, 우리 이거나 먹어요."

그녀는 눈물이 글썽해져서 중얼거렸다. '이러고 싶은 건 아니었는데, 그런 이야기 할 필요도 없었는데, 난 당신이 좋은데, 당신의 그 부드럽고 뜨겁지 않은 사랑이 좋은데…….' 그녀는 케익이 어디로 들어가는지도 알 수 없었다. 사실은 B에게 솔직하게 자신의 상처를 드러내 보이고 이해받 고 싶었는지도 몰랐다. 케익을 다 먹고 그들은 자리에서 일어섰다. 그 사이 날은 어두워졌고 아름답던 강의 모습은 깊은 어둠 속으로 가라앉아 있었다.

그녀가 3층으로 올라가 베란다로 나가는 유리문 앞에 도착했을 때 거기엔 "STAFF ONLY"라는 종이가 커다랗게 붙어있었다. 그녀는 갑자기 아뜩해져서 한 발 뒤로 주춤 물러섰다. B와의 마지막 만남 이후 시간이 많이 지나지도 않았는데, 무슨 일이 있었는지 출입을 막아 두었던 것이다. 그때 누군가 3층의 계단을 올라오는 소리가 들려왔다. 어떤 남자가 큰 소리로 인사를 해왔다.

"안녕하세요?"

"아 네, 안녕하세요?"

그녀는 엉거주춤한 채로 맞받아 인사를 했다.

"저 기억하시나요?"

"네……."

B와 이 카페에 왔을 때 자작나무가 늘어서 있던 데크에서 만났던 남자였다. 청소를 하고 있던, 눈이 유난히 반짝거리던 남자.

"여기 문은 왜 폐쇄되었나요?"

그녀는 더듬거리며 물었다.

"이쪽으로 잠깐 앉으세요. 저는 기억하고 있는데 절 기억 못하시나

봐요?"

"아, 아니예요. 기억하고 있어요. 점장님이시죠?"

그녀는 B와의 마지막 만남 이후, 카페에 혼자 왔을 때 그를 보았었다. 주문을 하고 카운터 옆을 지나는데 안쪽에서 바리스타로 보이는 젊은 남자가 점장님이라고 부르며 그에게 뭔가 말하고 있었다. 그러니까 그 남자는 카페의 청소부가 아니라 점장이었던 것이다.

브런치 타임이 지나서였는지 3층엔 사람이 없었다. 그는 창문가에 있는 탁자로 그녀를 이끌었다. 굳이 마주앉을 이유도 없었지만 거절하기도 이상한 것 같아 그녀는 쭈볏거리며 자리에 앉았다. 그는 계단 옆에 붙어 있는 주방으로 들어가더니 쟁반에 음식을 담아서 나왔다. 조각케익과 케모마일과 아메리카노였다. 그녀는 B와 왔을 때 주문하던 메뉴 그대로여서 갑자기 조금 웃음이 나왔다.

"그게 왜 그렇게 되었느냐 하면요."

그가 얼른 이야기를 꺼냈다. 그녀는 자신과 B가 시켰던 메뉴는 흔한 것이었을 거란 생각을 하며 그의 이야기에 귀를 기울였다.

"한 달 전쯤에 사고가 났었어요. 이쪽 베란다에서 사람이 뛰어내린 사건이었죠."

점장은 뒤쪽에 있는 "STAFF ONLY"를 손가락으로 가리키며 말했다.

"아, 네……."

"뛰어내린 사람은 남자구요. 아직 찾지 못하고 있어요. 행방불명 상태죠. 그런데 누구인지도 잘 몰라요. 아래층에서 사건이 일어난 것을 알고 뛰어 올라왔을 때는 일행이었던 사람도 사라지고 없었거든요. 사라진 일행이 여자라는 것은 3층에 앉아있던 사람에게 들은 거구요. 남자가 물속으로 뛰어드는 것을 본 사람은 강기슭을 청소하던 사람이었어요. 3층 베란다에서 뛰어내렸으니 강으로 바로 떨어지지는 못하고 수풀 속으로 떨어진 것인데 거기서부터 물까지는 거리가 얼마 안되니까 걸어서 들어간거죠. 청소부가, 사람이 3층 난간에서 뛰어내려 수풀 속으로 떨어지는 걸 보고 놀라서 카페 쪽으로 뛰어올라오다가 저를 만난거예요. 저는 그때 카페 1층 바깥에 있는 창고에서 물건을 정리하고 있었죠."

"시신은 발견하셨나요?"

"그게 3층에서 뛰어내린 것과 물속으로 걸어 들어가는 것을 본 사람은 있는데, 도대체 그 사람이 누구인지, 일행이 있었는지, 도저히 알 수가 없는거예요. 여자와 둘이서 베란다로 나가는 것을 본 사람이 있긴 한데……."

"아 네, 힘드시겠어요."

"저도 카페 운영을 몇 군데 해 보긴 했는데 이런 일은 처음 당해서 몹시 당황스럽네요. 그 이후로 손님들을 자세히 관찰하는 습관이 생겼어요. 그전에는 특별히 눈에 띄는, 인상에 남는 손님들만 기억했었거든요."

"그래서 저도 기억하시는가봐요? 호호"

그녀는 자신도 모르게 웃음이 나와서 당황하며 말끝을 흐렸다. 사실 심각한 이야기 중인데 웃는다는게 좀 어색했다.

"그런가요? 근데 그 사건 전에 여기 오신 것 아닌가요? 하하하"

점장이 같이 크게 웃었다. 처음 보았을 때 몹시 반짝인다고 느꼈던 검은 눈동자는, 오늘 마주 앉아서 보니 더욱 반짝였다. 쌍꺼풀이 굵게 진 눈이었다. 그녀는 그 눈이 참 아름답다고 생각하다가 자신도 모르게 몸을 떨었다. 그 눈은 누군가의 눈과 닮아있었다. 박정호의 눈도 얼마나 크고 반짝이며 아름다웠던가? 그녀는 감정을 다잡고 다시 말하였다.

"그래서 그 사건 때문에 저기를 못나가게 막아둔 건가요?"

"그렇죠. 저 코너는 제가 이 카페 처음 인수받았을 때 뭔가 운치 있고 낭만적이고 여러 나이층의 다양한 취향을 만족시켜줄 수 있는 컨셉을 생각하다가 고안해낸 거였거든요. 양철 지붕은 연세가 있으신 분의 향수를 불러일으킬 것 같기도 해서 특별히 신경을 쓴 거구요. 저희 어머니가 양철 지붕 위에 떨어지는 빗소리를 무척 좋아하시거든요."

"어머, 그렇군요. 저도 양철지붕 알아요. 저희 어머니도 양철지붕 위에 떨어지는 빗소리 엄청 좋아하셨었는데……."

그녀는 자신도 모르게 말하고는 이야기가 너무 멀리까지 나갔다는 생각에 잠깐 당황했다. 그러나 점장은 그런 것엔 신경 쓰지 않는다는 듯 다시 말했다.

"그러니까 저희가 지금 어머니끼리 비슷한 거군요. 하하하"

그는 지금 누군가의 말투를 흉내내며 누군가처럼 웃고 있었다. 그녀의 내면으로 깊이 침몰했던 기억의 조각들이 조금씩 수면 위로 떠오르고 있었다. 그가 다시 말했다.

"아, 그런데 전에 같이 오시던 분은 왜 같이 안 오시고? 요즘은 혼자 오시는 거 같아요?"

점장은 이제 B에 대한 이야기를 하고 있었다. 그녀의 기억은 오래전 과거에서 다시 최근으로 되감겨왔다. 그때였다. 감미롭게 흘러나오던 재즈 음악이 갑자기 뚝 끊겼다. 점장의 전화벨이 크게 울렸다.

"잠깐만 실례할게요. 방송 사고네요. 빨리 좀 가봐야겠어요. 다시 올게요."

그는 급히 아래층으로 내려갔다. 그녀는 음악도 흘러나오지 않는 공간에 갑자기 혼자 남겨졌다. 3층엔 그녀 혼자뿐이었다. 그녀는 아래층으로 내려갈까 망설이다가 그냥 창밖으로 펼쳐지는 강변 풍경을 바라보았다. 빗발이 굵어져 있었다. 갑자기 쏟아지는 비 때문에 강 위로 안개가 급하게 피어오르고 있었다.

얼마나 시간이 흘렀을까? 다시 방송이 나오기 시작했다. 누군가가 안내방송을 하고 있었다. 점장의 목소리 같았다.

"카페 안에 계시는 손님분들께 안내 말씀드리겠습니다. 갑자기 비가 많이 와서 방송기기에 잠깐 문제가 생겼습니다. 양해 구하며 기기가 원상복구될 때까지 제가 가지고 있던 CD를 들려드리도록 하겠습니다. 그룹 '잔나비'의 음반입니다. 빠른 시간 안에 수리하도록 하겠습니다. 죄송한 마음에 오늘 커피는 무조건 무료로 드시도록 하겠습니다. 감사합니다."

곧이어 '잔나비'의 '주저하는 연인들을 위하여'가 흘러나오기 시작했다. 좋아서 여러 번 들은 적이 있는 노래였다.

나는 읽기 쉬운 마음이야. 당신도 쓰윽 훑고 가셔요.

달랠 길 없는 외로운 마음 있지. 머물다 가셔요~ 음 흠~

내게 긴 여운을 남겨줘요. 사랑을, 사랑을 해줘요.

할 수 있다면, 그럴 수만 있다면 새하얀 빛으로 그댈 비춰 줄게요.

그러다 밤이 찾아오면 우리 둘만의 비밀을 새겨요.

추억할 그 밤 위에 갈피를 꽂고 선 남 몰래 펼쳐 보아요.

나의 자라나는 마음을 못 본 채 꺾어버릴 순 없네.

미련 남길 바엔 그리워 아픈 게 나아. 서둘러 안겨본 그 품은 따뜻할 테니

언젠가 또 그날이 온대도 우린 서둘러 뒤돌지 말아요.

마주 보던 그대로 뒷걸음치면서 서로의 안녕을 보아요.

그럼에도 내 사랑은 또 같은 꿈을 꾸고

그럼에도 꾸던 꿈을 난 또 미루진 않을 거야

그녀가 노래를 따라하며 흥얼거리고 있는데 점장이 다시 뛰어올라왔다. 급하게 오느라 얼굴이 약간 붉어져 있었다. 그가 물었다.

"이 노래 아세요?"

"네, 여러 번 들어봤어요."

"그렇군요. 수리기사한테 연락은 했는데 갑자기 비가 많이 와서 빨리 도착하지는 못할 거 같다고 하네요."

창밖을 보니 정말 조금 아까보다 빗발이 훨씬 더 굵어져 있었다.

"그래도 손님이 많지 않아서 다행인데요."

그녀는 어느새 점장을 걱정해주며 말했다. 점장이 눈썹을 잠깐 찡그리더니 말했다.

"그런데 전에 같이 오시던 분은 최근에도 자주 오시는데……."

"아, 그래요? 언제 왔나요? 혼자 왔었겠죠?"

그녀는 좀 놀라서 되물었다.

"아……뇨, 다른 분들하고 여러 명이 오실 때도 있고, 또 여자 분과 두 분이 올 때도 있고 그러더라구요. 사실 몇 달 전에 제가 두 분이 같이 오셨을 때 자작나무 아래 데크에서 뵀었잖아요. 그 만남이 인상적이었나봐요. 전 두 분이 연인 사이라고 느꼈거든요. 저쪽 베란다에도 나가 계셨었잖아요. 죄송해요. 일부러는 아니고, 우연히 인상적인 손님을 기억하는 차원이었어요."

"아, 네……."

그녀는 아무 말도 못하고 그저 신음 소리만 뱉어내고 있었다.

"그런데 어느 날부터인가 남자분만 오시더라구요. 손님은 손님대로 혼자 오셨구요. 그래서 이상하다고 생각했죠. 싸우셨나 했구요. 그러다가 남자분이 다른 여자분과 오시기 시작했어요. 그것도 퍽이나 자주요. 주제넘은 관심이겠지만, 오늘 같은 날 손님이 혼자 우울한 표정으로 카페에 들어서는 걸 보니 제가 마음이 안 좋아서요."

"아, 네……."

그녀는 여전히 신음소리만 내고 있었다.

"다른 여자분이랑 오시는데, 제 느낌으론 사귀시는 관계 같았어요. 사람이 느낌이라는 게 있잖아요. 아주 즐겁고 행복해 보였거든요."

그녀는 점장의 갑작스러운 이야기에 머릿속이 뒤죽박죽이 되어가고 있었다. 멈추어야했다. 점장의 이야기를. 아니면 자신의 귀를 막고 듣지 말아야 했다. 아니면 지금의 이곳을, 이 자리를 박차고 일어나 나가야만 했다. 그런데 밖엔 비가 더 심하게 쏟아져 내리고 있었다. 집으로 가보아도 빈집만이 그녀를 기다리고 있을 뿐이었다. 그녀의 눈에 눈물이 고였다. 그가 주머니에서 손수건을 꺼내어 그녀에게 내밀었다. 그녀는 말없이 그가 내민 수건을 받아 눈물을 꾹꾹 눌러 닦았다. B는 어차피 그녀에게서 떠난 사람이었다. 떠난 사람에게 지조를 기대하는 것도 우스웠다. 그녀와 헤어지고 바로 B는 다른 여자를 만난 것이었다. 어쩜 그녀가 B를 뜨겁지 않은, 미지근한 사람이라고 보았던 것은 잘못된 판단이었다. 사실은 B는 뜨거운 내면을 가진 사람이었던 것이다. 그녀의 빈자리를 견딜 수 없었기에 곧 또 다른 사람을 찾았을 것이다. 그녀는 한숨을 내쉬었다. 모든 것은 B에게 가까이 가지 못한, 가까이 오게도 하지 못한 자신의 책임이었다.

"다른 여자분과 사귀는 게 잘못된 건 아니지요. 일단 저랑은 헤어진거니까요……. 다만 헤어지기를 기다렸다는 듯이 바로 다른 여자와 만났다니 조금은 배신감을 느끼네요……. 아직 저는 그 사람에게서 다 벗어나지 못했으니까요."

그녀는 매우 이지적인 모습으로 말하고 있었다.

"그런데 실례란 건 알지만 왜 헤어졌는지 물어도 될까요? 힘드시면 말하지 않으셔도 되구요."

"아니, 괜찮아요. 다른 여자를 만났다니, 이제 말하지 못할 이유도 없어졌네요. 사실은 모든 게 제 잘못 같아요."

"그게 무슨 말인지?"

"그러니까 저도 그 사람을 좋아했거든요. 그 사람도 저를 좋아했고요. 그런데 그가 가까이 오면 이상하게 매우 두려웠어요. 숨이 막히는 듯한 공포감이 일었어요. 무서워서 제가 그에게 가까이 갈 수도 없었어요. 이성과 감성이 분리되어 작용했어요. 그가 좀 기다려주었더라면 좋았을 거란 아쉬움이 있어요. 사실 그 두려움은 그 사람에게서 온 것은 아니었거든요. 제가 가진 트라우마지요. 그걸 제가 극복하지 못해서 일어난 일이고요. 누군가에게 심하게 구속되어 숨막히는 경험을 한 적이 있나요? 상대방의 사랑이 자신을 옭아매는 거 말이죠."

그녀는 박정호와의 일이 선명하게 떠올랐다. 어쩐 일인지 두려웠던 감정은 사라지고 이성적인 판단만이 머리에서 정확하게 정리되고 있었다. B를 떠나보내고 잃어버리는 대신 자신의 트라우마에서 벗어날 수 있게 된 것 같았다. 그녀는 갑자기 몹시 홀가분해지는 느낌이 들고 날개가 달린 듯 자유로워졌다. 점장이 부드러운 미소를 띠며 그녀를 바라보고 있었다.

"아버지는 제가 중학교 때 일찍 돌아가시고 어머니도 제가 고3때 돌아가셨어요. 대학을 서울에 있는 이모 집에서 다녔는데 이모부의 사업이 망해서 좀 힘들었어요. 어머니가 돌아가신 상처도 아직 아물지 않았던 시기였고요. 그러던 중에 한 사람을 알게 되었어요. 삶에 대한 열정이 지나칠 정도로 많았던 사람이었지요. 처음엔 부모님의 빈자리를 대신해

주는 사랑인줄 알았어요. 물론 사랑의 일종이었겠죠. 그런데 시간이 지날수록 그 사람의 사랑이 저를 숨막히게 했어요. 구속하고 의심하고 자신이 확인하지 못하는 시간에 대해서는 집요하게 추궁하는 그런 사랑이 었어요. 나 혼자만의 시간이나 공간이 전혀 허락될 수 없었어요……."

갑자기 큰 소리로 점장이 그녀의 이름을 불렀다. 그녀는 정신이 번쩍 들었다.

"미진씨! 저는 다 이해할 수 있을 것 같아요. 그러고 보니 저도 좀 비슷한 경험을 한 적이 있는 것 같네요. 하지만 이제 그것에서 벗어난 것 같아요. 축하드립니다. 저도 오늘부로 그런 상처에서 완전히 자유로워진 거 같으니, 우리 같이 기념 축하 파티 좀 할까요? 잠깐, 제가 커피와 케익을 좀 가져올게요."

점장이 벌떡 일어나더니 아래층으로 나 있는 계단으로 후닥닥 내려갔다. 창밖을 보니 비가 좀 멎어있었다. 강 안개가 뽀얗게 수면 위로 피어오르고 있었다. 조금 후에 점장이 케익과 커피가 담긴 쟁반을 들고 싱글거리며 올라왔다.

"자, 축! 완전 자유 획득? 자유 쟁취? 자유 취득? 기념대회 하하하, 자격증 같은 거 뭐 없나요? 하하하하"

그녀는 자신도 모르게 웃음이 나와서 언제 우울했냐는 듯이 깔깔거렸다. 같이 먹는 케익은 아주 맛있었다. 커피를 마신 후 그녀는 자리에서 일어섰다. 쌉사름한 커피 맛의 여운이 입안에 남았다. 문득 커피나무 꽃의 꽃말이 생각났다. '너의 아픔까지 사랑해, 언제나 그대와 함께 (Always be with you)'

"날이 어두워졌네요. 운전 조심해야겠어요. 그런데 집이 어디예요? 여기서 시간은 얼마나 걸려요? 내일은 출근하시나요?"

그가 갑자기 폭포수처럼 질문을 쏟아부었다. 그녀는 다시 웃음이 나와서 그를 쳐다보았다. 점장이 얼굴을 붉히며 머쓱한 표정을 짓더니 뒤로 한걸음 물러섰다. 데크 옆의 주차장으로 나왔을 때는 비가 말끔히 그쳐 있었다. 강 쪽에서 물 흐르는 소리가 콸콸거리며 들려왔다.

"미진씨, 커피 생각나면 언제라도 들려요. 커피 아니고 물안개가 보고 싶어도 언제라도 와요. 아, 물안개가 많이 피는 날 알려줘야되겠군요. 핸드폰 잠깐 이리 줘 봐요."

점장이 그녀가 들고 있던 핸드폰을 빼앗듯이 가져갔다. 그녀는 아주 짧은 시간 동안 두려운 감정이 들었으나 이내 웃음 띤 얼굴이 되어 점장 쪽으로 몸을 기울였다. 점장이 자신의 핸드폰 번호를 입력하고 있었다. 전화번호의 끝자리가 7이었다. 그녀는 공연히 기분이 좋아졌다. 행운의 숫자 7. 그때 헤드라이트를 밝히며 주차장으로 검은색 차 한 대가 들어왔다. 어딘가 낯익은 차라는 생각이 들었다. 그녀는 차를 타기 위해 자동차 문의 키 버튼을 눌렀다. 딸깍 소리가 났다. 맞은편 검은색 차에서 사람이 내리는 소리가 나더니 남자와 여자가 두런거리는 소리가 들려왔다.

"우리 여기서 좀 더 있다가 가자구. 샌드위치랑 커피도 좀 마시고. 난 자기랑 더 오래 있고 싶다고."

간지러운 남자의 목소리가 낯익어 그녀는 자신도 모르게 검은색 차가 있는 쪽을 바라보았다. 운전석에서 내리는 남자의 옆모습이 보였다. 그녀는 금방 그 남자가 B임을 알아보았다. 곧이어 조수석 문을 열고 나와 B쪽으로 걸어오는 여자가 자신과 친하게 지내던 직장 동료 C임을 알 수 있었다. 그녀는 순간적으로 몸이 얼어붙는 것 같았다. 깔끔하게 정리되었다고 생각했던 마음이 사실은 그렇지가 않았던 모양이었다. 점장이 그녀를 돌아보다가 다시 검은색 차를 돌아보더니 얼른 그녀의 몸을 잡아 자신의 앞으로 돌려세우며 그녀의 양손을 잡았다. 그녀는 갑작스러운 그의 행동에 주춤했다. 점장이 말했다.

"미진씨! 아까 기념식 한 거 안 잊어버렸죠? 오늘 날짜로 자유 취득 자격증 땄잖아요. 당분간은 아무 곳도 보지 말고 나만 봐요. 얼렁 차 타요. 늦었어요. 제가 바래다주고 싶은 데 가게 때문에 미안해요."

그녀는 그가 막고 서 있어서 그의 뒤쪽에 있는 B와 C의 모습을 전혀 볼 수 없었다.

"아니, 괜찮아요. 혼자 갈 수 있어요. 고마워요. 그럼 갈게요."

"아 참, 미진씨, 제 이름 모르죠? 이름도 안 물어보고? 이거 너무 섭섭

한데요. 전 한종석입니다. 미진씨는 성이 어떻게?"

"전…… 김…… 미……."

'그런데 제 이름은 어떻게 알고 있는거지…….'

그녀는 그제야 그가 자신의 이름을 너무 익숙하게 알고 있다는 사실을 알아차리고는 문득 중얼거렸다.

"만나서 반가웠어요. 고마웠구요."

그녀는 천천히 차 문을 열고 운전석에 앉아 시동을 걸었다. 검고 조용한 밤하늘 속에 시동 소리가 무척 크게 들려왔다. 그녀는 엑셀러레이터를 밟으며 내려져 있던 창문을 닫기 위해 버튼을 눌렀다. 점장이 급히 다가오며 크게 소리쳤다.

"미진씨! 조심해서 가요. 집 도착 후에 전화나 문자 줘요. 걱정되니까요. 이름은 우연히 들었는데 제가 알던 사람과 똑같아서 기억하고 있었어요. 잘 가요."

그녀는 그를 올려다보았다. 어둠 속에서 그의 눈이 처음 보았을 때처럼 매우 반짝거리며 빛나고 있었다. 그녀는 엑셀러레이터를 힘주어 밟았다. 차가 속도를 내며 그녀의 집이 있는 쪽으로 난 도로로 미끄러져갔다. 그녀는 라디오의 버튼을 눌렀다. 라디오에서 디제이의 음성이 흘러나왔다.

"다음 곡은 'FIRE UP'입니다. 좋은 밤 보내시길 바라며 오늘은 여기서 인사드리겠습니다."

'FIRE UP (이 노래가 클럽에서 나온다면)'

이 노래가 클럽에서 나온다면 그대가 이 음악에 춤~ 출 수 있을까요?

노래가 클럽에서 나온다면 혹시 그녀가 내게 돌아올까요?

노래가 흘러 네게 닿는다면 그대는 웃을까요? 눈물 흘릴까요?

궁금하죠. 과연~ 그래 니가 맞어, 니가 했던 말 다 맞는 말일거야.

이미 떠나 보낸 막차. 내가 전화해도 너는 받질 않아. 손을 뻗어 봤죠. 전혀.

널 지워 버리려고 했어……. 돌아와 줘, 넌 내~게로

여전히 넌 예쁜 채로 내 곁에 있어. 옆에 있어.

아직도 멈춘 시간 그곳에 있어. 이 노래가 들리면 지금 전화해 줘~

그녀는 마치 그 소리가 지금쯤 그 카페에 앉아있을 B가 하는 말 같아 차를 세우고 핸드폰을 열었다. 아직 B의 번호를 삭제하지 않았다는 사실이 떠올랐다. 어둠 속에서 핸드폰의 번호판이 환하게 그녀를 유혹하고 있었다. '아, 오늘은 기념식이 있었지. 자유 취득 자격증도 땄고……. 그래, 맞아, 그 말이 맞아, 그렇지.' 그녀는 핸드폰 화면의 맨 위에 떠있는 점장의 전화번호를 한참 동안 보고 있다가 천천히 그 번호를 소리내어 말해 보았다. 공일공 삼사이육 사사 '그의 번호엔 4가 여러 번 들어있구나.'라고 중얼거리며 그녀는 천천히 그 버튼을 눌렀다. 어둠 속에서 그녀의 옆을 지나쳐가는 자동차들의 소리가 크게 들려왔다.

작가의 말

'연탄재 함부로 발로 차지 마라,
너는
누구에게 한 번이라도 뜨거운 사람이었느냐'

안도현 시인의 〈너에게 묻는다〉라는 시이다.

갑자기 가슴이 울컥한다.
한참 불이 붙어 맹렬하게 타오르는 연탄처럼 20대를 살았다.
그 불길이 너무 맹렬했던지 오래도록 그곳에 머물렀다.

사람들을 만나다 보면 이런저런 이유로 늙지 못한 사람들을 본다.
어떤 사람들은 그들을 보고 '동안'이라며 부러운 시선을 보내기도 한다.
늙지 못한 사람의 입장에선 조금 어이없는 일이다.

강가에 서면 흐르지 못하는 것이 좀 문제이다.
작은 돌멩이, 큰 돌멩이, 혹은 바위 때문에
흐르지 못하고 소용돌이치는 물길들을 보면
저마다의 이유로 늙지 못하는 사람들을 보는 것 같다.

이 글이 세월 따라 흐르지 못하는 사람들에게
마음 편하게 흐를 수 있는 작은 계기가 될 수 있기를,
그리하여 조금 더 행복해질 수 있기를 기대해본다.

두 번째 책이 무사히 나올 수 있도록 도움을 주신 분들께 감사드린다.

2024년 1월 서울의 동쪽 끝에서 채은